Arena-Taschenbuch
Band 2873

Josef Carl Grund (1920–1999)
war lange Zeit als Lehrer tätig, bevor er seinen Beruf aus gesundheitlichen Gründen aufgeben musste. Danach widmete er sich ganz dem Schreiben für Kinder und Jugendliche. Er ist besonders für seine historischen Jugendbücher bekannt.

Von Josef Carl Grund ist als Arena-Taschenbuch erschienen:
Zwei Leben für Hannibal (Band 2871)
Gefahr für den Pharao (Band 2870)
Asche auf Pompeji (Band 2872)

Josef Carl Grund

Feuer am Limes

Arena

In neuer Rechtschreibung

2. Auflage als Arena-Taschenbuch 2005
Lizenzausgabe des Loewe Verlag Gmbh, Bindlach

Umschlagillustration: Sabine Lochmann
Gesamtherstellung: Westermann Druck Zwickau GmbH
ISSN 0518-4002
ISBN 3-401-02873-1

www.arena-verlag.de

Inhalt

Zur Sache	7
Die Hauptpersonen	10
Die göttliche Nase	12
Eriwin und Cornelia	27
Der Haselstrauch	41
Hinkefuß	46
Der Gefangene	51
Das Verhör	55
Fritho	59
Feuer am Limes	79
Mischmasch	82
Zwei Helden	94
Rauchzeichen	101
Zeig mir den Weg, Bruder	109
Die Stumme	117
Unter vier Augen	124
Octavia	129
Meldungen	146
Das Wunder des Decius	155
Sonnenwende	166
Vergrabt die Götter	173
Entscheidungen	177
Zwischenzeit	182

Der Schalk 187
Alemannensturm 196
Drei Jahre später 200
Das Spargelbeet 202
Wort- und Sachverzeichnis 205

Zur Sache

So, so«, sagte mein Freund Klaus-Adalbert, »du willst also über Römer und Alemannen schreiben.«
»Genauer gesagt, über Römer und Alemannen, die um 250 nach Christus am Rätischen Limes gelebt haben«, verbesserte ich ihn.
»Dass du über die alten Römer schreibst, finde ich in Ordnung«, gestand er mir zu. »Über den Feldherrn Julius Cäsar, den Kaiser Nero und meinetwegen auch über Pontius Pilatus sollte jeder etwas wissen. Aber die haben nicht um 250 gelebt. Da war doch nichts los.«
»Von 249 bis 251 nach Christus regierte Kaiser Decius das Römische Reich«, wandte ich ein.
Klaus-Adalbert zuckte die Achseln. »Decius? – Nie gehört.«
»Er befahl eine der grausamsten Christenverfolgungen«, erklärte ich ihm.
»Tatsächlich?«, fragte er.
»Tatsächlich«, sagte ich.
Wieder zuckte er die Achseln. »Man kann schließlich nicht alles wissen; vor allem nicht alles von Römern und Alemannen gleichzeitig.«
»Deshalb schreibe ich darüber«, sagte ich. »Mich interessierte schon immer, was vor vielen Jahrhunderten in unserem Lande geschah und was in den meisten unserer Geschichtsbücher zu kurz kommt. Immer wieder be-

wegt mich das Schicksal der so genannten kleinen Leute, die zu jeder Zeit auslöffeln müssen, was die Großen ihnen eingebrockt haben.«

»Und dieses Auslöffeln hast du auch am Limes von 250 gefunden?«, fragte Klaus-Adalbert. »An der komischen Mauer, die die Römer gegen die Germanen gebaut haben?«

»Hab ich«, sagte ich. »Den Anstoß dazu gab ein Schatzfund im Wert von einer Million und achthunderttausend D-Mark.«

Er lachte. »Jetzt ver-, ich meine, jetzt nimmst du mich aber auf den Arm!«

»Aber nein«, versicherte ich ihm und erzählte, was ich zu schreiben geplant hatte.

Während ich erzählte, trank er eine Flasche meines besten Weißweins, den er mit Rotwein vermischte, und ich beschloss seinen Geschmack im Kapitel »Mischmasch« festzuhalten. (Altrömische Feinschmecker, las ich später, hatten solche Mischungen längst genossen.)

Dann sagte Klaus-Adalbert: »Ja, dann schreib das mal von den Römern um 250 und von den Alemannen, die in unseren Geschichtsbüchern zu kurz kommen.« Er wischte sich über die Augen, weil ihn das Schicksal des Fritho und der Cornelia aus meiner Geschichte ehrlich rührte. (Oder war's das Gemisch?)

Ich schrieb die Geschichte.

Die Namen sind erfunden, soweit sie nicht überliefert wurden; Zeitumstände und Schauplätze sind historisch.

Meine Geschichte spielt zwischen 250 und 256 nach Christus. Wo sie spielt?
Am Rätischen Limes, der Mauer, die das römisch besetzte Gebiet vor germanischen Überfällen schützen sollte.
Als Vorbild nahm ich das Römerlager »Castrum Biricianis« und die Siedlung davor. Aus Kastell und Siedlung entwickelte sich im Laufe der Jahrhunderte die Stadt Weißenburg in Bayern.
Die gefürchteten Steinbrüche, in denen sich Verurteilte bis zu ihrem Ende abquälten, waren die Kalksteinbrüche von Solnhofen. Sie liefern noch heute Juraplatten mit interessanten Einschlüssen aus vorgeschichtlicher Zeit.
Für sachdienliche Unterlagen bedanke ich mich beim Zweiten Deutschen Fernsehen. Für besonders wertvolle Informationen danke ich ganz herzlich Herrn Matthias Michels, dem Leiter des Kultur- und Verkehrsamtes der Stadt Weißenburg in Bayern, und dem Weißenburger Stadtarchivar, Herrn Studienrat Gustav Mödl.

Josef Carl Grund

Die Hauptpersonen

a) Römer:

Antonius Cornelius *Tuditanus,* Präfekt,
Kommandant einer Ala (1 000 Reiter)

Tullia Severa, seine Gemahlin

Marcus Petronius *Glabrio,* Centurio,
Stellvertreter des Tuditanus

Publius Appius *Pulcher,* Offiziersanwärter

Pomponius Gaius *Agrippa,* Nachfolger des Tuditanus

Livia Augusta, seine Gemahlin

Octavia, Agrippas Stiefschwester

Arivinus (Eriwin), Decurio,
ein Alemanne im römischen Dienst

Cornelia, seine Tochter

Nero, ihr Sklave

b) Alemannen:

Graf Gero

Fritho und Ulf, seine Söhne

Anmerkung: Habt keine Angst vor den »schwierigen« römischen Personennamen. In meiner Geschichte verwende ich sie vereinfacht (wie oben im Druck hervorgehoben): also meist nur als »Tuditanus« (was »Hammerschädel« bedeutet) und »Glabrio« (der »Kahlkopf«). Der Offiziersanwärter ist »der schöne Publius« (weil »Pulcher« der Schöne heißt); und den Nachfolger des Hammerschädels führe ich als »Agrippa« oder den »Neuen« an.

Die göttliche Nase

Das Römerlager an der rätisch-alemannischen Grenze glich einem Ameisenhaufen. Die gesamte Ala – tausend Reiter mit Offizieren und Unteroffizieren – war alarmiert. Jeder hatte zu tun: mit Kommandieren und Antreiben, mit Saubermachen, Pferdestriegeln, Ausbessern der Befestigungsmauern, Polieren der Waffen und Rüstungen, Schmücken des Fahnenheiligtums und mit dem Abtransport des Kommandanteneigentums aus dem Verwaltungsgebäude.

Alles mussten die Legionäre machen, denn Frauen und Sklaven durften das Kastell nicht betreten. Und so schnell sollte alles gehen, als ob römische Soldaten Zauberhände und die Puste germanischer Auerochsen hätten!

Die Offiziere brüllten die Unteroffiziere an, die Unteroffiziere die Mannschaften; und mancher Legionär dachte, was er nicht auszusprechen wagte: Die Brüller können leicht brüllen, weil sie nicht zupacken müssen. Oh Götter, stopft ihnen die Mäuler!

Und warum der Betrieb?

Drohte ein alemannischer Angriff?

Nein. Kein Wächter am Limes – der Grenzmauer, die das römisch besetzte Rätien gegen das Gebiet der Alemannen abschirmte – hatte in Horn oder Kriegstrompete gestoßen. Drüben war es ruhig. Von der Plattform der Tür-

me aus, die sich über die Steinmauer erhoben, konnten die Wächter weit in die Runde spähen. Die Türme im Limes standen auf Sichtweite.
Hatten sich die Kelten im besetzten Rätien gegen die römischen Herren erhoben?
Nein. Auch diesseits der Mauer war kein Aufbegehren. Ganz im Gegenteil. Die Kelten, die mit den Familien der römischen Soldaten und anderen Römern in der Siedlung hinter dem Kastell wohnten, arbeiteten genauso geschäftig wie diese. Sie säuberten Gassen und Wege, schmückten ihre Häuser und legten Festtagsgewänder bereit. In manche Nischen wurden Götterstatuen gestellt: römische und keltische und manche Figuren, von denen niemand wusste, welche Gottheiten sie darstellten.
Auch in den großen landwirtschaftlichen Gütern im weiteren Umland des Kastells war Hochbetrieb. Die römischen Herren trieben ihre Sklaven zum Schmücken der Gutshöfe an, zum Reinigen der Götterbilder an den Eingängen, zum Säubern der Wege und zum Ausdenken erlesener Speisen für vornehme Gäste.
Vornehme Gäste waren die Offiziere des Kastells, der vornehmste Gast war der Kommandant. Auf ihn kam es an, wie viel Getreide, Früchte, Fleisch und Futtermittel der einzelne Großbauer in das Kastell liefern durfte. Diese Lieferungen wurden besser bezahlt als Verkäufe an Zivilisten.
Aufregung und Putzfimmel hatte ein Eilbote ausgelöst,

der auf schäumendem Pferd ins Lager galoppiert war und Kunde aus Rom gebracht hatte: »Der neue, von Kaiser Decius ernannte Kommandant und seine Gemahlin sind aus der Hauptstadt aufgebrochen. Zwanzig Reiter unter dem Befehl eines Centurios begleiten sie. Der Reisekutsche folgen drei Lastwagen mit schwerem Gepäck; jeder von vier Gäulen gezogen, die in den Militärstationen an der großen Heerstraße regelmäßig ausgewechselt werden. Ich wurde vorausgeschickt, um zu melden, wie viel Platz der neue Kommandant für sich, seine Begleitung und den Tross benötigt und dass er größten Wert auf militärische Ordnung und Sauberkeit legt. Er ist ein naher Verwandter des Kaisers Decius, seine Gemahlin entstammt der syrischen Königsfamilie. Ihr Großvater verurteilte seinen tapfersten Feldherrn zur Sklaverei, weil er seinem Fürsten nach gewonnener Schlacht mit staubigen Füßen entgegengetreten war. Der Centurio, der den neuen Kommandanten begleitet, hat Befehl, dem Kaiser über den Zustand des Kastells, der Siedlung und der Gutshöfe zu berichten.«
Ein naher Verwandter des Kaisers, verheiratet mit der Tochter eines morgenländischen Barbaren! Bei Jupiter, das konnte gefährlich werden! Eine Beschwerde an Decius und man wanderte als Sklave in die Steinbrüche oder zum Kampf gegen wilde Tiere in die Arena!
Deshalb der Rummel.
Das Militärlager, die Gutshöfe, die Wohn- und Geschäftshäuser, die öffentlichen Bäder – »Thermen« hie-

ßen sie in der Sprache der Römer – , die kleineren Kastelle, die dichter am Limes standen, und die Wachttürme in der Grenzmauer wurden auf Hochglanz gebracht.
Einer der wenigen, die der gefürchteten Sippschaft aus Rom gelassen entgegensahen, war der alte, nun scheidende Kommandant des Kastells: der Präfekt Antonius Cornelius Tuditanus.
Er war ein sehr annehmbarer Kommandant gewesen und hatte seine Leute nie unnötig gehetzt. Der Beiname Tuditanus – »der Hammerschädel« – passte gar nicht zu ihm. Er hatte ihn von einem Vorfahren übernommen, dessen Stirnbein angeblich stärker als ein germanischer Hammer gewesen war. Der Hammerstiel, hieß es, sei beim Zuschlagen abgebrochen, der Schädel des Großvaters heil geblieben.
Tuditanus erinnerte sich nur undeutlich an diesen Großvater. Dabei hatte er immer das Gefühl, als ob dieser ein unverschämter Angeber gewesen war. »Hammerschädel« blieb als Beiname dem Sohn, dann dem Enkel.
Seit einigen Jahren liebte der Präfekt die Bequemlichkeit. Aufgeregtes Getue war ihm zuwider geworden. Jetzt freute er sich auf Rom, wo er als Pensionist gemütlich weiterzuleben gedachte. Rom lag weit entfernt von den unberechenbaren Alemannen jenseits des Limes, die sich lange Zeit ruhig verhielten, um dann plötzlich loszuschlagen. Es waren Überfälle und keine Kriege; aber es gab nie richtigen Frieden an dieser verdammten Mauer.

Vor der Abreise nach Rom stand Unbequemes: Räumung des Verwaltungsgebäudes im Kastell und des Kommandantenhauses in der Siedlung – damit die Neuen dort einziehen konnten –, Beladen der Reisewagen, Schmücken der Amtshäuser und Exerzieren mit der Empfangstruppe. Da würde Schweiß fließen.
Tuditanus beschloss andere für sich schwitzen zu lassen. Er übertrug den Befehl über Kastell und Ala seinem Stellvertreter und bat seine Gemahlin, die Domina Tullia Severa, sich um Ausräumen und Verladen zu kümmern.
»Lieber Freund«, sagte er zu seinem Stellvertreter, dem Centurio Marcus Petronius Glabrio, »ich weiß, dass es dein sehnlichster Wunsch ist, den Haufen hier einmal ganz allein kommandieren zu dürfen. Das darfst du jetzt den ganzen Tag lang. Kümmere dich um alles und streng dich an.«
Der Stellvertreter sagte: »Jawohl, Präfekt«, und wusste nicht, ob er sich über das Kommando freuen oder über die Arbeit ärgern sollte.
»Glabrio« bedeutete »Mann ohne Haare«, Gehässige sagten »Glatzkopf«. Bei Marcus Petronius Glabrio stimmte es. Die Glatze war in der Familie erblich. Er hatte sich daran gewöhnt.
Zu seiner Gemahlin sagte der Hammerschädel: »Liebste Tullia, du verstehst von Ausräumen, Einpacken und Verladen viel mehr als ich. Deshalb übertrage ich dir die Aufsicht über alles, was mit unserem Umzug zu tun hat. Seit Tagen fühle ich mich scheußlich abgespannt; da

wird es Zeit, dass ich mich wieder einmal in den öffentlichen Thermen erfrische und massieren lasse. Mach's gut, liebste Tullia.«
Die Domina – das bedeutete »Herrin« – nickte ihm zu und sagte mit ihrer harten Stimme: »Geh schon, Antonius, hier würdest du nur im Wege stehen. Und lauf nach dem Bad nicht wieder in die Kneipe! Ein besoffener Präfekt macht keine gute Figur.«
Die Domina war energischer als ihr Gemahl, deshalb hatte sie den Beinamen Severa – »die Strenge« – erhalten. In den vielen Jahren, die sie mit ihrem Gatten schon bei den Legionären war, hatte sie sich die raue Sprache der Krieger angewöhnt.
Im Verwaltungsgebäude des Kastells hatte der Hammerschädel nur wenig persönliches Eigentum. Zu dessen Abtransport genügten vier Legionäre: drei Träger und ein Aufpasser. Ein wenig schadenfroh stellte Glabrio der Domina die dümmsten und ungeschicktesten Männer zur Verfügung. Tullia Severa ärgerte sich mächtig. Da sie das Kastell nicht betreten durfte, musste sie dem Aufpasser genau erklären, welche Gegenstände er in die Siedlung schaffen sollte.
Wie begriffsstutzig dieser Hornochse doch war! Die Domina bedauerte, dass sie den Hammerschädel beurlaubt hatte. Der aalte sich jetzt der Reihe nach in kaltem, lauwarmem und heißem Wasser, ließ sich dann die Speckfalten kneten und gurgelte hinterher Met und Wein! Die Domina war nahe daran, ihn zurückholen zu lassen, da-

mit er sich selbst um seinen Kram kümmerte; dann schüttelte sie den Kopf. Jetzt erst recht nicht!, dachte sie grimmig. Der Glabrio, dieses Miststück, soll sehen, dass ich auch mit seinen Vollidioten fertig werde!

Sie drückte dem Aufpasser einige Münzen in die Hand und das Wunder geschah. Der Mann strahlte, brüllte seine drei Kumpane an und die vier verschwanden in Richtung des Kastells.

»Schlitzohrige Armleuchter!«, brummte Tullia Severa hinter ihnen her.

Mit ihren Sklaven, die das Wohnhaus in der Siedlung ausräumten, hatte sie keine Mühe. Die waren kräftig, geschickt, zuverlässig und auf jeden Handgriff eingespielt. Zwei große Planwagen standen hinter dem Haus. Die Sklaven verluden Möbel, Truhen voll Geschirr, Wäsche und Andenken, die die Domina bei keltischen Krämern und von alemannischen Schmugglern gekauft hatte. Nur die allernötigsten Möbelstücke blieben im Hause. Nach dem Eintreffen des neuen Kommandanten konnten sie in kürzester Zeit ausgeräumt werden. Verkauft waren sie bereits.

Wie auf rohen Eiern tappten die Träger aus dem Kastell heraus. Sie balancierten Glasvasen, Alabasterfiguren und kunstvoll verzierte Tongefäße. Wehe, wenn die zerbrochen wären! Die Legionäre schwitzten mehr als die Sklaven der Domina . . .

Neben dem Amtsgebäude des Kommandanten stand der Tempel. Er war Haus der Götter und Fahnenheiligtum, in dem die Banner der Truppe aufbewahrt wurden. Mittelpunkt war die halbmannshohe Statue des Kriegsgottes Mars; ihm bis zur Brust reichte die auf einem Marmorsockel ruhende Büste des zum Gott erhobenen Kaisers Decius.

Der göttliche Kaiser sah vornehmer aus als der Gott des Krieges. Die Statue des Mars war aus Bronze gegossen, die Deciusbüste aus vergoldetem Silber.

Unter den beiden großen Göttern und den ruhmreichen Fahnen der Ala duckten sich kleinere Statuetten wie Zwerge unter Giganten. Sie stellten andere Götter dar. Daneben lagen Silberbleche mit eingemeißelten Götterbildern.

Es gab viele Gottheiten im Fahnenheiligtum der Ala.

Zum Saubermachen des Tempels hatte Glabrio zehn Legionäre unter der Aufsicht des Decurio Arivinus befohlen. »Poliert mir vor allem die Statue des Decius auf Hochglanz!«, schärfte er den Männern ein.

Sehr verständlich, wo der neue Kommandant ein Verwandter des Gottkaisers war!

Der göttliche Decius hatte es in sich. Er brach dem Legionär Longinus die Hand. Der Arme diente das letzte Jahr in der Armee und war der beste Freund des Arivinus.

So ein Pech! Die Leiter kippte um, als Longinus dem göttlichen Kaiser mit einem Lappen über die vergoldete Nase fuhr.

Longinus verbiss den Schmerz und nahm den Bruch dann gelassen. Der Militärarzt würde ihm eine mit Gipsbrei getränkte Stoffbinde um das Handgelenk wickeln, der Gips würde hart werden und die Knochen zusammenheilen lassen. Er, der Legionär Longinus, konnte seine zwanzigjährige Dienstzeit mit Ausruhen abschließen. Gar nicht so übel.

Er blinzelte der Deciusbüste zu und marschierte zum Doktor.

Der Decurio Arivinus streckte dem göttlichen Kaiser heimlich die Zunge heraus und teilte einen anderen Legionär zum Naseputzen ein.

Gemurmel war plötzlich im Tempel. Die Soldaten tuschelten miteinder.

»Der göttliche Decius ist beleidigt, weil ein Decurio hier befiehlt«, unkte einer. »Ein Unteroffizier, der nur zehn Mann kommandieren darf.«

»Arivinus kommandiert nicht einmal *fünf* Mann«, widersprach ein anderer.

»Sehr richtig«, stimmte ein dritter zu, »wo er dem Hammerschädel doch bloß als Schreiber und Dolmetscher dient. Er ist nichts weiter als ein Schreiberling!«

»Außerdem ist er Alemanne und heißt eigentlich Eriwin«, warf der vierte ein.

»Er verbeugt sich nicht, wenn er an der Statue des göttlichen Decius vorbeigeht«, zischelte der fünfte; und der sechste flüsterte: »Er hat seinen Sklaven Nero, einen schwarzen Afrikaner, noch nie ausgepeitscht!«

»Seine Tochter Cornelia redet mit dem Sklaven, als ob er zur Familie gehört«, wisperte ein anderer.

»Mit vierzehn Jahren müsste sie vernünftiger sein«, meinte der erste.
»Vielleicht beten sie den komischen Crispinus an, den der göttliche Decius zum Staatsfeind erklärt hat«, warf der zweite Legionär ein.
»Nicht Crispinus, sondern Christus«, verbesserte sein Kamerad. »Ein seltsamer Gott. Ich habe gehört, dass seine Anhänger ihn als Fisch an die Wand malen.«
»Unterhaltet euch nicht!«, mahnte Arivinus. »Arbeitet!«
Da stieß der Posten auf einem Wachtturm am Limes in die Kriegstrompete. Einmal lang – dreimal kurz – einmal lang – dreimal kurz – lang – kurz – lang – kurz.
»Achtung!«, hieß das. »Gefahr! Bei den Alemannen tut sich was!«
Die Wache im nächsten Vorkastell nahm das Signal auf und gab es weiter an das Hauptlager, das der Präfekt Tuditanus befehligte. Er hörte das Signal im Gasthaus, winkte ab und brummte, dass er vom Baden müde sei und die Alemannen ihn gern haben könnten. Wenn sie angreifen wollten, sollten sie gefälligst warten, bis der Neue aus Rom das Kommando übernommen habe und er, der Hammerschädel, nach Italien unterwegs sei. Er warf dem Wirt ein Silberstück zu und bestellte einen Humpen Met. »Der Met ist das Beste an den Alemannen«, erklärte er weise. Sein Nachbar, ein keltischer Salzhändler, stimmte ihm zu.
»Musst du nicht ins Kastell zurück, Präfekt?«, wandte der Wirt ein. Er hatte zwanzig Jahre in der Armee ge-

dient und zum Dank für seine Treue die Erlaubnis erhalten, in der Römersiedlung eine Schänke zu betreiben.
»Was soll ich im Kastell?«, brummte der Hammerschädel. »Mein Stellvertreter Glabrio und meine Stellvertreterin Tullia Severa vertreten mich bestens. Auf die beiden können sich der göttliche Decius und das ganze Römische Reich voll und ganz verlassen. Also her mit dem Met!«
»Wie du meinst, Präfekt«, sagte der Wirt und schenkte ein. Nur er, der Hammerschädel und der keltische Händler blieben in der Gaststube zurück. Die anderen Männer brachen eilig auf. Der Alarm scheuchte sie in ihre Häuser, auf ihre Gutshöfe, in Handwerkerstuben, Läden und Viehkoppeln.
Von immer mehr Wachttürmen schmetterte die Warnung ins rätische Land: »Alemannengefahr!«
Da ging auch der keltische Salzhändler . . .
Im Hof des Hauptkastells ließ Glabrio vierhundert Reiter mit ihren Offizieren und Unteroffizieren antreten. Dann schickte er zwei berittene Spähtrupps über den Limes hinaus ins alemannische Land.
Trompeten und Hörner schmetterten weiter. Ob diesmal nicht mehr als nur ein Überfall drohte?
In fieberhafter Eile packten Männer, Frauen, Kinder und Sklaven in der Römersiedlung die wichtigsten Habseligkeiten zusammen. Die Sklaven griffen zu, ohne dass sie mit Peitschenhieben angetrieben wurden. Sie wussten,

dass die Alemannen keinen Unterschied zwischen römischen Herren und römischen Knechten machten.
In den großen Gutshöfen wurden schwere Wagen voll gepackt, in den Koppeln Herden zusammengetrieben, aus Läden und Handwerkerstuben Waren und Werkzeuge auf Karren verladen.
Die Alemannen waren gefürchtet, wenn sie als Feinde kamen. Dann kämpften sie mit Todesverachtung und ohne Erbarmen.
Kaum zu fassen, dass sie sich zivilisiert und umgänglich zeigten, wenn sie als Händler oder Schmuggler Geschäfte machten. Da tauschten sie Met, Felle und Bernstein gegen römischen Wein, feine Stoffe, Werkzeuge aus Eisen und Stahl, Schmuck, Glas und Tongefäße. Sie tranken auf die Gesundheit ihrer Geschäftspartner und machten sogar Witze.
Wehe aber, wenn sie plötzlich zu den Waffen griffen!
Einige Reiter im Hof des Kastells waren von wütenden Alemannen verwundet worden; drei Männern liefen entstellende Narben über das Gesicht.
In den Augen einiger Legionäre flackerte Angst.
Glabrio, der Stellvertreter des Präfekten, hob die Hand.
Ein Ruck ging durch die vierhundert Reiter, Waffen und Rüstungen klirrten. Blank polierter Stahl blitzte in der Sonne.
Im Stillen wurden römische, griechische und germanische Götter angerufen, ja sogar der verbotene Christus.
Die Legionäre der Ala waren aus den verschiedensten

Völker- und Glaubensgemeinschaften zusammengewürfelt. Die lateinische Kommandosprache und der militärische Gehorsam banden sie aneinander.

Zum göttlichen Kaiser Decius betete niemand um Hilfe im Kampf.

Ein neues Signal schmetterte vom Limes und den Vorkastellen herüber: lang gezogene Hornstöße.

»Keine Gefahr mehr!«, meldeten sie. »Die Alemannen greifen *nicht* an!«

Glabrio ließ den Arm sinken. »Unsere Posten sind verrückt oder zum Narren gehalten worden«, brummte er. Wieder ging ein Ruck durch die vierhundert Reiter, wieder klirrte und blitzte Metall in der Sonne; und mancher Legionär atmete auf. Glabrio ließ nicht absitzen; er wartete auf die Meldung reitender Boten ...

In der Schänke sagte der Hammerschädel zum Kneipenwirt: »Na, siehst du! War wieder mal blinder – hicks! –, blinder Alarm. Darauf heben wir einen! Bring deinen ausgezeichneten Rotwein aus dem Italischen – hicks! –, aus dem Süden, meine ich.«

Der Wirt gehorchte ...

Da kamen die reitenden Boten vom Limes. Alle meldeten dasselbe:

Drüben, am alemannischen Wald, seien plötzlich Reitertrupps aufgetaucht und bis auf Pfeilschussweite an den Limes herangaloppiert. Dann seien Männer zu Fuß aus dem Wald gesprungen, hätten mit Speeren, Schwertern und Streitäxten herumgefuchtelt, den Posten auf den

Wachttürmen gedroht und seien, genauso wie die Reiter, plötzlich wieder verschwunden. Das habe sich an mehreren Stellen vier- bis fünfmal wiederholt. Jetzt lasse sich keiner mehr blicken.

Glabrio ließ die vierhundert Reiter abrücken; die erhöhte Kampfbereitschaft hob er *nicht* auf. Er verdoppelte die Wachtposten auf den Limestürmen.

Von den beiden Spähtrupps, die er ins Alemannische geschickt hatte, kam niemand zurück.

In der Siedlung und in den Gutshöfen wurde wieder ausgepackt, Putzen und Saubermachen begannen von neuem.

Ein schreckliches Unglück prophezeite der Gottkaiser Decius im Fahnenheiligtum des Kastells. Der zweite Legionär, der das kaiserliche Haupt abstauben sollte, benahm sich so ungeschickt, dass er die Deciusbüste vom Sockel stieß.

Sie stürzte, und – oh Jupiter! – ihre Nase verbog sich!

Der Legionär sah sich bereits von den Pfeilen eines Erschießungskommandos durchbohrt.

Arivinus tröstete ihn. »Schlag den Decius in deinen Mantel ein«, flüsterte er hastig, »aber pack fest zu, er ist schwer, obwohl er hohl ist. Bring ihn in die Siedlung zum Silberschmied. Der ist mein Freund. Wenn du ihm Grüße von mir bestellst, wird er die Nase gerade klopfen.«

So geschah es.

Am Nachmittag stand die Kaiserbüste mit zurechtgeklopfter Nase wieder im Tempel.

Am Limes blieb es ruhig; doch jeder fühlte, dass sich Entscheidendes vorbereitete.
Im Hause des Decurio Arivinus betete die vierzehn Jahre alte Cornelia vor der Rückwand des Atriums. Aus dem Weiß der gekalkten Mauer leuchtete in blauen Mosaiksteinen das Bild eines Fisches.
Hinter Cornelia kniete der dunkelhäutige Sklave des Arivinus und hielt seine Hände dem Fisch entgegen.

Eriwin und Cornelia

Eriwin, den die Römer Arivinus nannten, war aus Abenteuerlust Legionär geworden und aus Liebe Legionär geblieben.

Vor sechsunddreißig Jahren war er als vierter Sohn eines alemannischen Kleinbauern auf die Welt gekommen. Sein Vater war ein freier Mann, durfte Waffen tragen, einen Kriegsgefangenen als Sklaven halten und viermal im Jahr mit Ross und Wagen durch das Tor im Limes zu Römern und Kelten fahren, um selbst gebrauten Met, Tierfelle, Honig, Bienenwachs und grobes Linnen gegen römische Waren einzutauschen. Unter Säcken voll Saat- und Mehlgetreide, Kisten voll Glas- und Tongefäßen und unter Hacken und Spaten schmuggelte er manchmal römische Waffen ins alemannische Land. Die Schwerter der Römer waren härter als die der Alemannen, römische Bogen ließen die Pfeile weiter fliegen und römische Rüstungen schützten besser als alemannisches Leder.

Jedes Mal ging es gut. Die Posten am Limes kannten den »harmlosen Bauern von drüben« und ließen seinen Wagen unkontrolliert passieren. Der harmlose Bauer bedankte sich hin und wieder mit einem Fässchen alemannischen Mets. Der war gehaltvoller als das Keltengebräu im rätischen Land.

Als Eriwin sieben Jahre alt war, durfte er den Vater erstmals zu den Römern begleiten.

Er war wie geblendet und dann begeistert.
Da war kein wilder Wald, durch den – wie daheim – oft nur Trampelpfade führten; da war gerodetes Land mit breiten Wegen und gepflasterter Heerstraße. Da standen keine Holzhöfe und Holzhütten, sondern Häuser aus Stein, und aus der mächtigen Burg – die die Römer »Kastell« nannten – ritten Bewaffnete in blinkender Rüstung. Es seien römische Legionäre, erklärte der Vater. Eriwin schluckte krampfhaft. Ohne dass es ihm bewusst wurde, kam ihm der Vater plötzlich armselig vor. Eriwin wollte auch Legionär werden.
In den folgenden Jahren fuhr er mit dem Vater noch oft zu Römern und Kelten. Er lernte sie kennen und sich mit ihnen verständigen. Der Wunsch, aus dem ärmlichen Daheim auszubrechen, wurde immer stärker.
Im römischen Gasthaus unterhielt sich Eriwin mit Legionären. Was sie ihm erzählten, steigerte seine Sehnsucht. Da war keiner, der nicht hundertmal mehr von der Welt kennen gelernt hatte als er, der Sohn des alemannischen Kleinbauern.
Zu den vier Brüdern waren inzwischen drei Schwestern gekommen. Das Essen wurde jedem spärlicher zugeteilt und die Arbeit mit dem störrischen Vieh auf steinigem Acker schien Eriwin so verschieden vom römischen Leben wie die Nacht vom Tage.
Dass er Alemanne sei, spiele überhaupt keine Rolle, behaupteten die Legionäre im Wirtshaus. Nur wenige echte Römer dienten noch in der Armee des Kaisers. Die

meisten Soldaten stammten aus fremden Völkerschaften: aus Kelten, Germanen, Griechen, Afrikanern, ja sogar aus Stämmen des fernen Asiens. Wer tüchtig sei, könne es auch als Nichtrömer zum Decurio bringen, zum Centurio – ja sogar zum Präfekten.

Die Sehnsucht blieb und die Götter halfen.

Der alte Stammesführer – sie nannten ihn »Graf« – war gestorben, die Edlen wählten seinen Neffen zum neuen Grafen. Jahrelang hatte der Verstorbene mit den Römern Frieden gehalten und beiden Völkern war es gut bekommen. Der Neffe war ein Draufgänger, der dreinschlagen wollte. Alemannische Hitzköpfe jubelten ihm zu.

Die geschmuggelten römischen Waffen, die auch Eriwins Vater durch den Limes gebracht hatte, sollten mit alemannischen Schwertern auf Legionärshelme niederkrachen.

Der neue Graf plante keinen großen Krieg, dazu hielt er seinen Stamm für zu schwach. Er dachte an plötzliche Überfälle und schnelle Rückzüge, die reiche Beute und gefangene Legionäre als Sklaven bringen sollten.

Eriwin war siebzehn Jahre alt geworden. Erst jetzt erfuhr er, dass sein Vater nicht nur Schmuggler, sondern auch Spion gewesen war: Späher für seinen Stamm gegen die römischen Freunde.

Eriwin war nicht begeistert, dass er am Überfall auf den ersten Wachtturm im Limes teilnehmen durfte, zur Rechten des Grafen, der den Haufen anführte. Das sei eine Ehre für einen Siebzehnjährigen, sagte der Vater stolz. Eriwin durfte nicht Nein sagen. Die Ehre war Befehl,

Weigerung wäre als Feigheit gedeutet worden und hätte ehrlosen Tod am Ast einer Eiche gefordert.

Der Angriff wurde zur Niederlage.

Vermutlich hatten römische Späher den alemannischen Aufbruch erkannt und gemeldet. Die Angreifer wurden in die Flucht geschlagen. Der Graf verlor Helm und Schwert.

Im Getümmel sah Eriwin dicht vor sich ein bekanntes Gesicht. Es war der Legionär, mit dem er sich in der römischen Kneipe besonders gern unterhalten hatte.

»Tut mir Leid«, sagte der Legionär, bevor Eriwin zuschlagen konnte. »Ich muss dich antippen, damit du keine Dummheiten machst. Verschwinde, sobald du ausgeschlafen hast.« Er redete ein fürchterliches Gemisch aus Latein, Keltisch und Alemannisch . . .

Eriwin erwachte mit einem schrecklichen Brummschädel. Als er sich aufrichten wollte, hielt ihn krabbeliges Zeug zurück. Mühsam öffnete er die Augen.

Er lag in dichtem Gestrüpp, Äste und Zweige kratzten ihn im Gesicht und an den Händen und durch das Laub schien die Sonne.

Es dauerte eine Weile, bis er sich erinnerte und sich zusammenreimte, was geschehen war: Der Legionär hatte ihn niedergeschlagen und ins Gebüsch geworfen, damit er nicht in römische Gefangenschaft geriet und als Sklave verkauft wurde.

Eriwin schob die Zweige auseinander und spähte in die Runde.

Er war allein.
In einiger Entfernung erhob sich der Limes, die übermannshohe Grenzmauer mit dem Wachtturm, dem der Überfall gegolten hatte. Hinter dem Holzgeländer, auf der Plattform des Turmes, ging der Posten auf und ab, als ob nichts geschehen wäre.
Verlassen lag der Handelsweg, der aus dem Alemannischen zum Limesdurchgang führte. An einigen Stellen schimmerte etwas in der Sonne. Eriwin erkannte alemannische Waffen. Die Legionäre hatten sie liegen lassen, als ob Schwerter und Speere wertloser Plunder seien. Eriwin bewunderte den römischen Stolz.
Nach kurzem Überlegen kroch er aus dem Gebüsch, richtete sich auf und ging auf den Wachtturm zu. Der Posten rief ihn an, legte einen Pfeil auf die Sehne und spannte den Bogen. Eriwin hob die Hände zum Zeichen, dass er keine Waffen trug. Der Posten winkte ihn heran.
Zwei andere Soldaten empfingen Eriwin im Tor. Er sagte, dass er Legionär werden möchte. Sie erkannten ihn, lachten und schlugen ihm auf die Schultern. Dann brachten sie ihn zum Decurio, dem er ebenfalls bekannt war, und dieser begleitete ihn ins Kastell.
Der Stellvertreter des Kommandanten verhörte ihn, dann war Eriwin angenommen. Mit dem nächsten Mannschaftstransport ging er nach Rom.
Die Reise war kein Vergnügen. Zu Pferd saß nur der Offizier, der den Trupp anführte. Die Gruppe bestand aus Unteroffizieren und Legionären, deren Dienstzeit abge-

laufen war und die sich in und um Rom zur Ruhe setzen wollten. Dann waren einige Händler mit ihren Wagen dabei und fünf gefangene Alemannen, die für die Arena bestimmt waren. Soldaten und Gefangene saßen auf Packwagen, deren eisenbeschlagene Räder auf dem Steinpflaster der Heerstraße holperten und schlugen. Eriwin, der Freiwillige, durfte sich auf einen ledergepolsterten Kutschbock setzen. Die Gefangenen warfen ihm hasserfüllte Blicke zu.

Eriwin sah sie nie wieder.

In Rom kam er zur Armee und jetzt erfuhr er, warum er so weit hatte reisen müssen. Die römischen Heerführer gingen auf Nummer Sicher. Ein neuer Legionär kam so weit von seinem Stamm weg, dass er nicht mit ihm in Verbindung treten konnte. Er hätte ja ein Spion sein können! So erhielten afrikanische Soldaten ihre Ausbildung weit von Afrika entfernt, griechische weit von Griechenland, asiatische weit von Asien weg.

Die Ausbildung war hart, Eriwin, den die Römer Arivinus nannten, biss die Zähne zusammen und hielt durch. Sein Stolz ließ ihn nicht aufgeben. Eriwin schluckte das Heimweh hinunter. In seiner Freizeit lernte er lesen und schreiben.

Und da war Octavia aus dem Transtiberim, dem römischen Stadtviertel jenseits des Tibers. Sie war fünfzehn Jahre alt, hübsch und bettelarm. Arivinus verliebte sich in sie und sie sah ihn gern.

Octavia war Christin. Sie betete zu einem seltsamen Gott.

Er hieß Christus, machte keinen Unterschied zwischen Armen und Reichen und versprach die ewige Seligkeit denen, die Gutes taten und den Nächsten liebten. Dieser Nächste war jeder, auch der Sklave und der Feind!

Vor langer Zeit, hörte Arivinus, seien die Christen von Kaiser Nero grausam verfolgt worden. Heute betrachteten die meisten Römer die Christen als Narren. Ihr Christus, zu dem sie beteten, war in Jerusalem gekreuzigt worden. Wer anders als ein Narr konnte einen so ohnmächtigen Gott verehren!

Octavia glaubte an ihn, sprach von seinen Wundern, seiner Auferstehung und dem ewigen Leben, das er den Gläubigen verhieß.

Arivinus widersprach ihr nicht; zunächst, weil er sie nicht kränken wollte; später, weil auch er zu glauben begann.

Als er zur Bewährung gegen rebellische Gallier eingesetzt wurde, wartete Octavia auf ihn.

Arivinus bewährte sich.

Er kam nach Rom zurück und hatte Glück. Ein Feldherr, der über seine siegreichen Kriege schreiben wollte, suchte einen Soldaten, der nicht nur Latein, sondern auch die Sprachen der Kelten und Alemannen verstand. Arivinus wurde ihm empfohlen. Der Feldherr prüfte ihn und stellte ihn ein.

Arivinus dolmetschte und half seinem Herrn beim Beschreiben von Papyrus- und Pergamentrollen. Er machte seine Sache gut und wurde gut bezahlt.

»Jetzt können wir heiraten«, sagte er zu Octavia.
Nicht nur ihr zuliebe, sondern weil auch er glaubte, bekannte er sich zur Lehre des Gekreuzigten. Der Bischof von Rom, den die Christen Vater nannten, taufte ihn mit Wasser. Und er legte die Hand des Arivinus aus dem Lande der Alemannen in die Hand der Octavia aus dem Transtiberim und segnete ihren Bund im Namen des Vaters, des Sohnes und des Heiligen Geistes . . .
Cornelia wurde geboren. Sie blieb das einzige Kind.
Der Feldherr starb. Kurz vor seinem Tode hatte er Arivinus als Dolmetscher für keltische und alemannische Sprachen weiterempfohlen. Weil es in Rom noch mehrere einflussreiche Männer gab, die über ihre Heldentaten in Gallien oder Germanien berichten wollten, bekam Arivinus immer wieder neue, gut bezahlte Arbeit.
Dann war's aus.
Arivinus erhielt den Marschbefehl nach Rätien, in die unmittelbare Nachbarschaft seiner Heimat.
Warum?
Nach dem Warum eines Befehls durfte kein Legionär fragen.
Arivinus war nicht begeistert. Er hatte sich an das bequeme Leben eines Schreibers gewöhnt und fürchtete das Zusammentreffen mit seinen Landsleuten. Dass er mit dem Marschbefehl die Beförderung zum Decurio erhielt, war ihm kein Trost.
Arivinus bat seine Frau und Cornelia in Rom zu bleiben,

bis er in Rätien alles für sie vorbereitet habe. Dann würde er sie nachholen.
Octavia war einverstanden, Cornelia nicht. Das Mädchen hing mehr am Vater als an der Mutter. Kein Einwand half. Die knapp Zehnjährige setzte ihren Willen durch. »Ich habe von dir eine Menge keltischer und alemannischer Wörter gelernt, Vater«, sagte sie energisch. »Oben in Rätien lerne ich ganz schnell noch eine Menge dazu. Es ist auch besser, wenn ich gleich mit in dem Haus bin, das du für uns aussuchst. Du hast Männergeschmack und weißt nicht, was für Frauen schön und gemütlich ist. Also nimm mich mit oder ich reise dir heimlich hinterher.«
Cornelia fuhr mit dem Vater.
Mutter Octavia blieb zurück. »In spätestens zwei Jahren hole ich dich nach«, versprach Arivinus. »Verkauf inzwischen Haus und Möbel. Ich werde in Rätien alles neu beschaffen. Das kommt billiger als der Transport.«
Mit Arivinus und Cornelia ging Nero, »der Schwarze«. Er stammte aus Afrika, war Sklave des Arivinus und Christ wie dieser, Cornelia hatte er besonders ins Herz geschlossen. Für sie hätte er sich in Stücke reißen lassen. Weil *er* mit nach Rätien ging, sorgte sich Octavia nicht gar so sehr um ihre Tochter.
Die Reise auf der Heerstraße verlief ohne Zwischenfälle; trotzdem erinnerte sich Cornelia später nur mit gemischten Gefühlen daran. Viele Tage lang, manchmal auch nachts, waren sie unterwegs, wurden durchgeschaukelt

und spürten das Holpern auf dem Pflaster in allen Knochen ...

Nach zwei Jahren war alles für Octavias Empfang vorbereitet. In der Römersiedlung hinter dem Kastell stand das gut eingerichtete Steinhaus. Es gab römische und keltische, ja sogar einige alemannische Freunde; der Präfekt Tuditanus und seine Gemahlin Tullia Severa mochten den Decurio und seine Tochter gern. Arivinus war ihnen als Dolmetscher und Schreiber unentbehrlich geworden.

Alle vier Monate hatte Octavia Nachricht aus Rom geschickt. Auf die kaiserlichen Briefboten war Verlass.

Nun war die Zeit der Briefe vorbei. Bald würde Octavia selbst hier sein.

Das Schreiben eines römischen Freundes zerstörte die Freude der Erwartung. Octavia, hieß es darin, sei schwer erkrankt und könne die Reise nach Rätien nicht antreten. Ein tüchtiger Arzt kümmere sich jedoch um sie und es gehe ihr schon etwas besser.

Ausgerechnet jetzt meldeten römische Spähtrupps Unruhe bei den Alemannen.

Der Hammerschädel verbot Arivinus und Cornelia nach Rom zu reisen. »Ihr könntet Octavia nicht helfen«, sagte er. »Dich, Decurio, brauche ich nötig, da müssen Familieninteressen zurückstehen. Ich weiß aber auch, dass du ohne deine Tochter nur ein halber Mensch wärst. Das hast du einmal in der Schänke gesagt, ich habe es mir gemerkt. Deshalb bleibt auch Cornelia hier, denn was würde mir ein halber Dolmetscher helfen! Der Arzt wird deine Frau gesund machen, die römischen Ärzte verstehen ihr Handwerk. Ich werde alle drei Monate einen Reiter nach Rom schicken, der sich auch nach Octavias Befinden erkundigen soll. – Abtreten, Decurio!« Das war ein Befehl. Arivinus musste sich fügen.

Der Präfekt hielt sein Versprechen; sein Bote brachte beruhigende Nachrichten. Eine befreundete Familie hatte sich Octavias angenommen. Der Zustand der Kranken besserte sich langsam, aber sicher.

Ein Jahr verging.

»Im nächsten Herbst komme ich zu euch«, ließ Octavia bestellen. »Dann bin ich völlig gesund. Ich freue mich auf das Wiedersehen.«

Wieder war die Freude verfrüht.

Kurz vor Sommerbeginn wurde der Feldherr Decius von seinen Soldaten zum Kaiser des Römischen Reiches ausgerufen. Er besiegte und stürzte den bisherigen Kaiser Philippus. Der römische Senat und die Priester von Rom erhoben den Sieger zum Gott.

Es war eine unruhige Zeit. Viele Menschen verschwanden in Rom, vor allem Feinde des neuen Kaisers. Und mancher Bote kam nicht ans Ziel.

Zwischen Rätien und Rom riss die Verbindung nahezu ab. Octavia kam nicht im Herbst, ihre Nachrichten blieben aus.

Arivinus, Cornelia und Nero fürchteten das Schlimmste.

Der Gottkaiser Decius hatte die Christen zu Staatsfeinden erklärt, weil sie den Frieden und die Liebe zum Feind predigten. »Das ist Hochverrat am Kaiser, am Reich und an unseren tapferen Legionen«, erklärten Decius und seine Beamten.

Auf Hochverrat stand die Todesstrafe. »Tod den Christen!«, hieß es wieder einmal im römischen Staat.

Doch wie waren die Hochverräter zu erkennen? Diese Anbeter eines Gekreuzigten; diese Feiglinge und Lästerer der Götter; diese Verfluchten, die den ans Kreuz geschlagenen Jesus von Nazareth über den göttlichen Kaiser stellten!

Ein Priester des Jupiter fand die Lösung: »Seitdem du zum Gott erhoben bist, erhabener Kaiser Decius, ist dein Bildnis in den Tempeln aufgestellt. Befiehl, dass jeder in deinem Reich vor deiner Statue ein Opfer bringt. Es kann eine Blume sein, wenn der Opfernde ein Hungerleider ist; ein Getreide- oder Tieropfer für Bessergestellte; und für Reiche – nun ja – Weihrauch aus dem Morgenland oder Gold für deine Kriege.« Er hob den Zeigefinger und fuhr fort: »Jeder überzeugte Christ wird sich weigern dir, göttlicher Kaiser, zu opfern. Diese Leute erkennen nur den Gekreuzigten als Gott an. Anderen Göttern Opfer zu bringen ist ihnen verboten. Abtrünnige, behaupten ihre Priester, würden nach ihrem Tode in ewigem Feuer brennen. Wer also dir, göttlicher Kaiser, das Opfer verweigert, ist Christ und Hochverräter und kann sofort bestraft werden.«

»Das ist auch meine Meinung«, sagte Decius und befahl das Opfer vor seinem Abbild ...

In der abgelegenen Provinz Rätien war es bisher nicht allzu streng zugegangen; vor allem nicht im Kastell, das dem Befehl des Hammerschädels unterstand. Der Präfekt hielt wenig von kaiserlichen Göttern, obwohl er kein Christ war. Dem Decurio Arivinus und seiner Tochter war es gelungen, sich vom ersten Kaiseropfer wegzuschwindeln. Arivinus hatte sich mit Heuschnupfen entschuldigt, der vor der Kaiserbüste unschicklich gewesen wäre, Cornelia mit Unpässlichkeit. Der Sklave Nero hatte plötzlich einen hässlichen Ausschlag bekommen. Dass er aufgeschminkt war, sah man nur aus allernächster Nähe.

Ob der Hammerschädel die Ausflüchte durchschaut hatte?

Arivinus erfuhr es nie. Er dankte seinem Gott, dass er, Cornelia und Nero weiterhin in Freiheit leben durften.

Sie beteten für Octavia.

Seit dem Opferbefehl hatten sie keine Nachricht mehr von ihr erhalten. Der letzte Bote des Präfekten, der auf abenteuerlichen Wegen zurückgekommen war, hatte Octavias Wohnung leer gefunden. Seine Fragen bei Nachbarn waren auf ängstliche Ablehnung gestoßen. Niemand wusste, wohin Octavia verschwunden war.

Arivinus, Cornelia und Nero hofften trotzdem ...

Das Wunder geschah! Gute Nachricht kam plötzlich aus Rom: Im Gefolge des Subpräfekten, der Tuditanus ablö-

sen sollte, reiste Octavia mit! Das sagte der Bote, der die Ankunft des neuen Kommandanten gemeldet und den Putzfimmel im Kastell, in der Siedlung und den Gutshöfen ausgelöst hatte.
Arivinus, Cornelia und Nero waren glücklich und besorgt zugleich. Glücklich wegen des Wiedersehens; besorgt, weil die Alemannen ausgerechnet jetzt unruhig wurden. Sollte Octavia dem christenfeindlichen Rom nur deshalb entkommen sein, um in einen alemannischen Hexenkessel zu geraten?
Die verbogene Nase des Decius bedeutete dem Arivinus *kein* schlimmes Vorzeichen; trotzdem hatte er ein ungutes Gefühl. Die Unsicherheit blieb auch nach dem Entwarnungssignal, das die Wachtposten vom Limes und aus den Vorkastellen herüberbliesen . . .

Der Haselstrauch

Die beiden Spähtrupps, die Glabrio ins Alemannenland geschickt hatte, bestanden aus je fünf leicht bewaffneten Reitern auf schnellen Pferden. Die Anführer waren zwei sehr junge Offiziersanwärter, die darauf brannten, sich bewähren zu dürfen. Sie waren erst vor wenigen Monaten aus Italien gekommen. Den Präfekten Tuditanus, der vor den Alemannen warnte, hielten sie für einen alten Trottel, die Legionäre, die sich vor Kundschafterritten ins Barbarenland fürchteten, für Feiglinge. Vier Reiter unter dem Befehl der beiden waren kaum älter als diese. Auch sie fieberten der Bewährung im Kampf entgegen. Die altgedienten Legionäre, die Glabrio den jungen Heißspornen mitgegeben hatte, zählten nicht. Aus ihren Warnungen redete »der Schiss der verknöcherten Mummelgreise«, spotteten die Unerfahrenen. Die Offiziersanwärter dachten nicht daran, dem Rat der Altgedienten zu folgen, wie Glabrio befohlen hatte. Wo war denn da die Gefahr einer feindlichen Überraschung? Zwei Pfeilschüsse weit ab der Limesmauer hatten römische Soldaten den Wald niedergebrannt, um freie Sicht zu schaffen und Angreifer rechtzeitig zu erkennen. Nur kümmerliches Gestrüpp war neu gewachsen; dahinter konnte sich keine Ziege, geschweige ein alemannischer Krieger verbergen.
Lächerlich, dass die Altgedienten hier zur Vorsicht mahnten!

»Gaaaaaaalopp!«, riefen die Offiziersanwärter. »Mir naaach!« Sie rissen die Kurzschwerter aus der Scheide und deuteten zum Waldrand; der eine nach halbrechts, der andere halblinks. Das waren Befehle; und Befehle mussten auch von erfahrenen Soldaten befolgt werden, die vieles besser wussten als blutjunge, hochnäsige Anführer.

Die Erde dröhnte unter donnernden Hufen . . .

Kurze Zeit später hielt der Trupp, der nach halblinks geritten war, auf einer winzigen Lichtung. »Da ist nicht einmal der Schatten eines Alemannen«, spottete der Offiziersanwärter.

Die Pferde spitzten die Ohren und schnaubten.

»Vorsicht!«, flüsterten die alten Legionäre.

»Unsinn«, sagte der Offiziersanwärter. »Irgendwo schnüffelt ein Wildschwein herum, ein Bär oder einer dieser germanischen Auerochsen.«

Weiter kam er nicht.

Die Altgedienten hoben die Lanzen zum Stoß – und stürzten von den Gäulen. Die Jungen guckten erschrocken. Es verschlug ihnen die Sprache und ihre Arme waren wie gelähmt.

Gehörnte Dämonen waren auf die Lichtung gesprungen, hatten die Alten von den Pferden gestoßen und griffen nach den Jungen. Sie rissen sie aus den Sätteln und schlugen zu. Dabei sagten sie keinen Ton.

Kurz darauf lag die Lichtung verlassen. Huf- und Schleifspuren führten ins Gehölz. Neben zwei Blutfle-

cken lagen zwei römische Lanzen, ein Kurzschwert und Pferdeäpfel . . .
Der zweite Spähtrupp drang bis zu einem Steilhang vor, der senkrecht zum Grund einer Wasserschlucht abstürzte. Die Pferde schnaubten und bäumten.
»Werft die Waffen weg!«, befahl eine Stimme in schauderhaftem Latein.
Die Legionäre rissen die Gäule herum. Einer der Altgedienten zuckte die Achseln und brummte: »Viel Freude an einem Sklaven wie mir werdet ihr nicht haben, ihr Mistkerle, die ihr noch gestern als Händler bei uns gewesen seid! Ihr alemannischen . . .«
Was er weiter sagen wollte, blieb ihm im Halse stecken. Ein Stein traf ihn dicht unter dem Helmrand. Der Altgediente stöhnte wütend, da traf ihn der zweite Stein aus alemannischer Schleuder.
Der Getroffene stürzte und fühlte nichts mehr, nicht einmal den Aufschlag in der Tiefe der Schlucht. Sein Pferd wieherte erschrocken und galoppierte ins Gehölz, bevor ein Alemanne nach ihm greifen konnte.
»Zurück zum Limes!«, schrie der zweite Altgediente. »Schnell, hier ist nichts mehr . . .« Auch er kam nicht weiter. Einige Herzschläge später schlug er neben seinem Kameraden in der Tiefe auf.
»Für Kaiser Decius!«, schrie der Offiziersanwärter, stieß mit dem Kurzschwert zu – und wurde aus dem Sattel geschleudert.
Unheimlich schnell hatte sich alles abgespielt.

Die beiden anderen Römer ergaben sich. Da war kein Gedanke mehr an Sich-bewähren-Wollen; da war nur Entsetzen vor den fremden Kriegern, denen Auerochsenhörner aus den Helmen wuchsen, und da war Angst vor dem Sterben.

Kurze Zeit später lag die Plattform verlassen. Neben einem Legionärshelm knabberte ein Eichhörnchen an einem Fladenbrot, das aus einer römischen Satteltasche gefallen war ...

Das Leben des vom Pferd geschleuderten Offiziersanwärters hing an den Wurzeln eines Haselstrauchs.

»Da-danke, Jupiter, dass du mich aufgefangen hast«, stotterte der junge Mann und dachte an alles andere als an Heldentum. »U-und jetzt – hilf mir da wieder raus, Jupiter – bi-bitte!«

Er wagte sich kaum zu bewegen. Wenn er nach unten schielte, erschrak er vor der Tiefe der Schlucht, auf deren Grund die reglosen Körper der Altgedienten lagen. Wenn er nach oben griff, knackte es im Haselstrauch und Sand und Steinchen rieselten und polterten abwärts.

»Hilf, Jupiter!«

Der Offiziersanwärter Publius Appius Pulcher – »Pulcher« bedeutete »der Schöne« – sah jetzt gar nicht schön aus. Angstschweiß tropfte ihm von der Stirn; und in den Därmen fühlte er ein Drücken, das eines zukünftigen Feldherrn ganz und gar unwürdig war.

Der schöne Publius hing zwei Manneslängen unterhalb der Plattform im Fels. Als ihn der alemannische Stoß vom Pferd geschleudert hatte, war er nur deshalb nicht in den Tod gestürzt, weil er – Jupiter sei Dank! – in den Haselstrauch hineingekracht war. Es war ein starker Strauch mit festem Geäst. Er wuchs aus einem schmalen Vorsprung in der Steilwand. Beim Aufprall waren Äste gebrochen, aber die anderen hatten den halb benommenen Römer vor dem Absturz bewahrt.

Wie lange noch?

Publius erkannte das Schreckliche: Ein Bündel Wurzeln hatte sich losgerissen, der Haselstrauch hing schief in der Wand. Bei der geringsten Bewegung rieselte Sand und polterten Steine in die Tiefe.

Das Gestrüpp neigte sich langsam, aber mit tödlicher Sicherheit nach unten.

Publius versuchte mit seinem Leben abzuschließen und konnte es nicht. »Hilfe!«, schrie er. »Hiiiiiilfeeeeeeee!!!« Verzweifelt versuchte er sich nach oben zu ziehen.

Die Wurzeln verloren den letzten Halt.

»Nein!«, gurgelte Publius. »Nein – nein – neiiiiiin . . .«

Dann fiel er, spürte einen barbarischen Ruck in allen Gelenken, schnappte nach Luft, wollte schreien, brachte keinen Laut über die Lippen und . . .

. . . es wurde stockfinster um ihn . . .

Hinkefuß

Das Quellwasser war eiskalt und der schöne Publius bekam einen ganzen Schwall davon mitten ins Gesicht. Er schluckte, hustete, fuhr in die Höhe, spuckte und stöhnte. Ausgerechnet mit der Beule, die ihm ein Kamerad beim Übungsfechten auf die Stirn geschlagen hatte, war er gegen etwas Hartes gestoßen.

Verdammtes Schädelbrummen!

Publius blinzelte mühsam. Er sah einen Schimmer von Tageslicht, eine fremde Stimme sagte etwas in einer schauderhaften Sprache, und dann bekam er – der Offiziersanwärter Publius Appius Pulcher – auch noch Ohrfeigen!

Zwei links – zwei rechts.

Er riss die Augen auf, die fremde Stimme schnatterte zufrieden. Dann sah er klarer.

Er lag unter einer Eiche auf niedergetretenem Farnkraut, über ihm blitzten Sonnenstrahlen durch das Laub. Sie flimmerten, wenn der Wind die Äste bewegte.

Und da!

Publius setzte sich auf, verbiss den Schmerz und blieb sitzen.

Da hockte ein Alemanne neben ihm! Ein bartloser Kerl mit zerzausten Haaren, verschwitztem Gesicht und zerkratzten Händen. Dass es ein Alemanne war, erkannte Publius an der Kleidung. Der Fremde trug eine wollene

Jacke und lange Beinkleider aus grob gewebtem Leinen. Solche Kleider hatte Publius in der Siedlung am Kastell gesehen. Alemannische Händler trugen sie, und sie unterschieden sich von den Kleidern der Kelten durch besonderen Schnitt. Um den Hals hing dem Fremden eine Bronzekette, an der ein silbernes Amulett baumelte. Wenn die Sonne darauf schien, blitzten eingeritzte Zeichen auf. Sie hatten keine Ähnlichkeit mit der lateinischen Schrift. Wahrscheinlich waren es germanische Zauberzeichen. Publius erinnerte sich an einen Bericht, den er über die Schrift der Germanen gehört hatte. »Runen« hießen ihre in Buchenstäbe geschnittenen Lautzeichen.

Das Amulett des Alemannen war kostbar, also musste er dem germanischen Adel angehören. Kostbar war auch die mit gehämmerten Figuren verzierte Blechscheide, in der der Dolch des Jungen steckte.

Wie alt der Fremde war?

Kenne sich einer aus in den Alemannen! Ihre harten Gesichter wirkten zeitlos. Der dort konnte achtzehn sein oder auch nur fünfzehn, sechzehn.

Neben dem Alemannen lag ein dicker, aus mehreren Schnüren zusammengeflochtener Hanfstrick. Er war am Ende durch eine Schlaufe gezogen und bildete eine Schlinge.

Wieder schnatterte der Alemanne Unverständliches.

Ein Pferd wieherte.

Publius starrte über den Jungen hinweg und sah das Tier. Es war an einen Ast gebunden.

Sein eigenes Pferd!
Publius tastete nach dem Kurzschwert und griff ins Leere. Er hatte keine Waffe mehr.
Der Alemanne redete und redete. Sein Gesicht blieb unbewegt. Publius fand es unheimlich.
Er sah, dass ein römischer Helm neben dem alemannischen Jungen lag. Die Innenseite glänzte nass. Gegen diesen Helm bin ich also gestoßen, dachte Publius und reimte sich zusammen, was vorgefallen war:
Er war vom Pferd geworfen worden und über die Plattform in den Abgrund gestürzt. Ein Haselstrauch hatte ihn aufgefangen, aber das Gewicht war zu groß gewesen. Die Wurzeln hatten sich gelöst, der Strauch verlor den Halt. So weit konnte sich Publius erinnern. Das Folgende erriet er: Im letzten Augenblick musste ihn der alemannische Junge vor dem Sturz in die Tiefe bewahrt haben – vielleicht mit dem Seil. Und das Pferd hatte er auch eingefangen.
Publius atmete schwer.
Der Junge griff nach dem römischen Helm, sprang auf und humpelte davon. Er hinkte sehr deutlich. Sein linkes Bein war kürzer als das rechte, der linke Fuß sichtbar verkrüppelt.
»Ein Hinkefuß«, murmelte Publius erleichtert. »So einer kann mir nicht gefährlich werden.«
Da kam der Junge auch schon wieder zurückgehumpelt. Aus dem Helm, den er in beiden Händen hielt, schwappte Wasser heraus.

Publius fuhr sich über den Kopf. Erst jetzt merkte er, dass er keinen Helm mehr trug und dass seine Haare klitschnass waren. Dann hat mich der Hinkefuß mit einem kalten Guss aufgeweckt, überlegte er. Aus Barmherzigkeit vielleicht? – Er schüttelte den Kopf. Nein, Barmherzigkeit unter Feinden gab es nicht!

Der Hinkefuß kauerte sich zu ihm und hielt ihm den Helm voll Wasser entgegen.

Publius trank. »Danke«, sagte er lateinisch.

Der Alemanne zeigte auf sich und sagte: »Fritho.«

»So heißt du wohl, nicht wahr?«, meinte Publius.

»Fritho«, wiederholte der Alemanne und zeigte auf sich. Dann band er den römischen Helm am Sattelriemen fest, hob den Strick auf und bedeutete dem schönen Publius mit einer Handbewegung auf das Pferd zu steigen.

Publius zuckte zusammen. Er will mich auf meinem Gaul festbinden und als Gefangenen zu seinem Stamm bringen!, durchfuhr es ihn. Er blieb sitzen, um Zeit und Kraft zu gewinnen.

Der Alemanne wurde ungeduldig. Er warf das Seil über den Rücken des Pferdes, dann griff er Publius unter die Arme und zerrte ihn hoch.

Das war die Gelegenheit! Publius riss sich los und schlug den völlig überraschten Jungen zu Boden. Dann versetzte er dem Stöhnenden einen zweiten Hieb, wuchtete den Ohnmächtigen aufs Pferd und band ihm mit dem Hanfseil die Füße unter dem Bauch des Tieres zusammen. Das Seil war lang genug, dass Publius dem Überrumpel-

ten auch noch die Hände fesseln konnte. Schwer atmend, zog er sich hinter dem Gefangenen in den Sattel. Den Dolch des Alemannen nahm er an sich.
Am Sonnenstand stellte er die Richtung fest, in die er reiten musste, dann trieb er das Pferd an. Die Angst verflog. Der schöne Publius war stolz darauf, einen alemannischen Gefangenen ins römische Lager zu bringen. Der Kommandant würde ihn loben. Publius pfiff vor sich hin.
Der Hinkefuß vor ihm pendelte mit dem Oberkörper hin und her. Die Hufschläge gaben den Takt an.

Der Gefangene

Ohne Helm, zerkratzt, mit einem alemannischen Dolch in der Faust, trat der schöne Publius vor den stellvertretenden Kommandanten des Kastells. Zwei Legionäre schleiften den halb benommenen Alemannenjungen hinter ihm her. Publius hatte ihn unterwegs noch einmal betäuben müssen. »So was von Dickschädel«, hatte er dazu gemurmelt. »Einem römischen Offiziersanwärter hätte ein einziger Hieb genügt; aber diese verdammten Alemannen haben Schädel wie die verdammten Auerochsen in ihren verdammten Urwäldern!«
Jetzt hob er Glabrio den alemannischen Dolch entgegen. »Offiziersanwärter Publius Appius Pulcher vom Kundschafterritt zurück!«, meldete er stramm. »Die altgedienten Legionäre sind gefallen, die anderen haben sich den Alemannen ergeben. Ich, Centurio, kämpfte mich frei und bringe dir einen Gefangenen. Er heißt Fritho und ist vermutlich der Sohn eines Häuptlings. Er hinkt.«
»Fritho?«, murmelte Glabrio. »Diesen Namen habe ich noch nie gehört.« Er wusste über die alemannischen Stämme hinter dem Limes Bescheid. Von einem hinkenden Vornehmen war ihm bisher nichts gemeldet worden.
Fritho blinzelte mühsam und atmete schwer.
»Weckt ihn auf!«, befahl der Centurio.
Ein Legionär gab dem Gefangenen zu trinken. Der Ale-

mannenjunge schluckte, sah sich um, erblickte Publius, zuckte zusammen und redete aufgeregt.
Die Römer verstanden nur wenige Worte.
»Er spricht eine alemannische Mundart«, sagte einer der Legionäre, »aber keine von denen, die hier an der Grenze gesprochen wird.« Er kannte sich aus. Seit vielen Jahren lebte er am Limes und war oft mit alemannischen Händlern zusammengetroffen.
»Das erklärt die plötzliche Feindseligkeit«, stellte Glabrio fest. »*Unsere* Alemannen sind friedlich gewesen. Jetzt müssen Leute eines fremden Stammes zugewandert sein. Neu zugezogene Barbaren sind meist Raufbolde. Unsere Späher haben wieder einmal geschlafen.«
Fritho redete noch immer.
»Schweig!«, knurrte der Centurio und winkte ab.
Fritho verstand die Geste und schwieg.
»Bestimmt kann er uns Wichtiges mitteilen«, warf Publius ein.
»Hol den Decurio Arivinus, den Dolmetscher des Präfekten!«, befahl Glabrio einem Legionär.
Der Mann verschwand.
»Arivinus ist Alemanne«, erklärte der Centurio dem Offiziersanwärter. »Er versteht alemannische Dialekte. Ich hoffe, dass er sich mit dem Gefangenen verständigen kann.«
Fritho stand ruhig. Aus halb geschlossenen Augen spähte er um sich. Er war nicht gefesselt, ein Legionär hielt ihn am Gürtel fest.

Der Bote kam allein zurück. »Der Decurio Arivinus ist nicht aufzufinden«, meldete er. »Die Domina Tullia Severa hatte ihn zu sich befohlen, damit er das Verladen des Kommandantengepäcks beaufsichtigte. Das tat er, dann begab er sich nach Hause. Ich ging in sein Haus und traf dort nur seine Tochter Cornelia und seinen Sklaven. Ihr Vater, sagte das Mädchen, sei seit dem Morgen nicht daheim gewesen.«

Glabrio brummte eine Verwünschung und wies auf den Gefangenen. »Wer soll *den* jetzt verstehen?«

»Die Tochter des Decurio«, sagte der Bote. »Cornelia spricht die Sprache der Barbaren fast genauso gut wie ihr Vater.«

»Ein Mädchen im Kastell?!«, fuhr Glabrio ihn an. »Bist du verrückt geworden?«

»Ich kenne keinen anderen Dolmetscher für alemannisches Durcheinander«, verteidigte sich der Legionär.

Der schöne Publius wusste Rat. »Ich schlage vor den Gefangenen ins Haus des Decurio zu bringen und ihn dort von dem Mädchen verhören zu lassen. Das verstößt gegen keine Vorschrift. Wir können dafür sorgen, dass wir im Hause des Decurio genauso ungestört sind wie hier.«

»Ein guter Vorschlag«, lobte Glabrio und befahl vierzehn weitere Legionäre als Posten vor das Haus des Arivinus. Sie gingen und erregten Aufsehen.

Dass der schöne Publius mit einem alemannischen Gefangenen zurückgekehrt war, hatte sich herumgesprochen. Aufgeregt steckten die Leute die Köpfe zusammen.

Es gab nur wenige, die sich am Getuschel nicht beteiligten. Die Domina Tullia Severa gehörte dazu. Sie war vollauf damit beschäftigt, den Umzug nach Rom vorzubereiten.

Auch ihr Gemahl, der Präfekt Tuditanus, machte sich über Fritho keine Gedanken. In der Vorfreude auf geruhsame Pensionstage schlief er im Wirtshaus seinen Rausch aus.

In der Siedlung drängten Männer, Frauen und Kinder zum Hause des Arivinus.

Das Verhör

Glabrio ließ das Haus des Arivinus umstellen. »Während des Verhörs niemand durchlassen!«, befahl er den Legionären. »Achtet auf Fremde! Es könnten verkleidete Alemannen sein, die den Gefangenen befreien möchten. Schlagt zu, bevor sie auf *euch* losschlagen!«
Die Posten sagten: »Zu Befehl, Centurio«, und standen breitbeinig.
Glabrio und der schöne Publius traten mit dem Gefangenen ins Haus. Cornelia erwartete sie in der kleinen Eingangshalle. Den Sklaven Nero scheuchte der Centurio mit einer Handbewegung fort. Nero verschränkte die Arme über der Brust und verbeugte sich tief. »Ich sehe nach deinem Vater«, flüsterte er Cornelia zu. Sie nickte und er verschwand.
»Da ich deinen Vater nicht erreichen konnte, Cornelia«, sagte Glabrio, »muss ich *dich* . . .« Er unterbrach sich und hüstelte ungehalten. »He, Cornelia! Darf ich dich bitten mir zuzuhören?!«
»Hör gefälligst zu, wenn der stellvertretende Kommandant mit dir spricht!«, tadelte der schöne Publius. »Er ist Centurio und für dich ist es eine Ehre . . .«
»Schon gut«, brummte Glabrio.
Cornelia riss sich vom Blick des alemannischen Jungen los, nickte den Besuchern zu und bat sie ins Atrium.
Der schöne Publius stieß den Gefangenen vor sich her.

Cornelia sah, wie der Alemanne die Zähne zusammenbiss.
Der Hauptraum im Hause des Arivinus war bescheidener eingerichtet als das Atrium in der Villa eines reichen Mannes.
Der schöne Publius verzog das Gesicht, als er den Fisch erblickte. Wenn er ihn mit den kostbaren Mosaiken verglich, die die Wände in der römischen Villa seiner Eltern schmückten, dann war dieses Bildchen da barbarisch einfach.
Auch die Möbel fand er primitiv. Statt gepolsterter Liegen und Sitze gab es hart gezimmerte Bänke und Stühle, die nicht einmal mit Schnitzereien verziert waren.
Nun ja, überlegte er, der Decurio Arivinus ist Alemanne, also ein Barbar. Seine Tochter ist mit vierzehn zwar ganz hübsch, aber sie hat ja auch eine römische Mutter. Den barbarischen Geschmack scheint sie vom Vater geerbt zu haben.
»Nehmt Platz«, sagte Cornelia.
Glabrio dankte und setzte sich. Der schöne Publius blieb stehen. Er hielt den alemannischen Jungen am Gürtel fest.
»Warum setzt *ihr* euch nicht?«, fragte Cornelia.
»Der gefangene Alemanne ist ein gefährlicher Feind«, erklärte Publius wichtig.
Cornelia lächelte. »Aber, aber! Ein *gefangener Feind* kann doch nicht *gefährlich* sein; und noch weniger gefährlich ist er, wenn er sitzt. Also setzt euch. Wenn ihr

Bedenken habt, dann nehmt den gefährlichen gefangenen Feind in die Mitte. Da kommt er euch bestimmt nicht aus.«

»Spotte nicht!«, schnaufte Publius beleidigt.

»Setzt euch!«, befahl Glabrio, dann nickte er Cornelia zu. »Du hast Haare auf den Zähnen, Mädchen.«

Cornelia lachte. »Aber nein, Centurio. Ich hab das Herz bloß nicht gar so weit unten.«

»Ausgezeichnet«, lobte Glabrio schmunzelnd.

Publius verzog das Gesicht und schubste den alemannischen Jungen auf die Bank nieder.

Fritho zuckte zusammen. Selbstvergessen hatte er das Mädchen angestarrt und sein Herz hatte schneller geschlagen. Der Stoß des Römers riss ihn in die Wirklichkeit zurück. Fritho ballte die Fäuste.

»Tu's nicht«, warnte Cornelia. »Es wäre dumm und aussichtslos.« Sie sagte es zweimal nacheinander, in zwei verschiedenen alemannischen Dialekten.

Fritho ließ sich zurücksinken, schloss die Augen und öffnete die Hände.

»Na also«, spottete der schöne Publius und setzte sich ebenfalls. »Ich hätte ihm das Aufmucken auch ausgetrieben!«

»Traust du dir zu, Cornelia, zwischen mir und dem Gefangenen zu dolmetschen?«, fragte Glabrio.

»Ich denke schon«, sagte sie. »Er spricht den Dialekt eines im Norden lebenden Stammes.«

Glabrio nickte. »Also dann. Erkläre dem Alemannen,

dass er erst gar nicht versuchen soll mich anzuschwindeln.«
Cornelia übersetzte. Der Junge sah sie groß an, dann antwortete er mit wenigen Worten.
»Er wird die Wahrheit sagen«, versprach Cornelia.
Das Verhör verlief reibungslos. Glabrio fragte, Cornelia übersetzte ins Alemannische, Fritho antwortete, Cornelia übersetzte in Latein.
Hin und wieder warf der schöne Publius eine Bemerkung dazwischen. Gegen Ende des Verhörs wurde er immer unruhiger. Zum Schluss sprang er auf und nannte Fritho einen verdammten Lügner.
»Danke, Cornelia«, sagte Glabrio. »Du hast sehr gut übersetzt. Dein Vater hätte es kaum besser machen können.«
Cornelia wehrte ab. »Es war nicht schwer«, sagte sie verlegen. »Fritho hat sehr deutlich gesprochen.«
Der alemannische Junge lächelte, als das Mädchen den Namen Fritho aussprach.
»Er ist ein verdammter Lügner!«, rief der schöne Publius wütend.
»Ich glaube nicht«, widersprach ihm Cornelia.
»Schluss der Debatte!«, bestimmte Glabrio. »Fassen wir zusammen, was das Verhör ergeben hat. Sollten wir auf Unklarheiten stoßen, werden wir den Gefangenen genauer befragen.«

Fritho

Noch einmal rollt das Leben des alemannischen Jungen in zusammengeballter Kürze ab. Was Fritho nicht aus eigener Erinnerung weiß, reimen sich die Römer zusammen. Vergangenes wird Gegenwart. Der Beginn liegt sechzehn Jahre zurück.

Da ist ein alemannisches Dorf in fruchtbarem Tiefland. Es liegt in einer Schleife des Flusses, der aus dem Osten kommt und gegen Westen davonströmt. Wie auf einer Halbinsel liegt das Dorf. Das Wasser befruchtet gerodetes Land und schützt die Siedlung besser als Palisaden aus Baumstämmen.

Mittelpunkt ist Graf Geros mächtiger Hof. Er besteht aus dem Wohngebäude, dem Stall, zwei Scheunen, einem Geräteschuppen und dem Schalkshaus. Im Schalkshaus wohnen die Knechte. »Schalk« sagt der Alemanne zum Dienstboten. Das ist ein ehrliches Wort und kein Spott liegt darin. Trotzdem ist es nicht leicht, Schalk zu sein. Knechte und Mägde sind keine Sklaven, aber sie haben kaum Rechte in der Gemeinschaft. Sie dürfen nicht mitbestimmen, was im Dorf geschehen soll; sie dürfen sich erst recht nicht an der Wahl des Dorfhäuptlings beteiligen, der sich dann »Graf« nennen darf. Ihr Leben ist Arbeit, wenn auch keine Schinderei in Ketten und unter Peitschenhieben.

Wie der Hof des Grafen sind auch die kleineren Höfe

und Häuser aus roh behauenen Balken zusammengezimmert, die Zwischenräume mit Flechtwerk ausgefüllt und mit Lehm verstrichen. Teures Eisen ist selten. Händler und Schmuggler, die aus dem römischen Rätien weit unten im Süden herüberkommen, fordern unverschämte Preise. Sie reisen mit bewaffnetem Geleitschutz, sodass es immer schwieriger wird, sie zu berauben.
Heute denkt Graf Gero nicht an Eisen und Überfall. Er feiert und das ganze Dorf feiert mit ihm, Frau Thursinhilt, die ihm in fünfjähriger Ehe drei Töchter schenkte, hat ihm den ersten Sohn geboren.
Geros Hof ist zur Festhalle geworden. Es gibt Wild- und Hausschweinbraten, Bär und Hirsch, Huhn und Ente und Fisch aus dem Fluss. Der Met fließt in Strömen. Seinen ganz besonderen Freunden lässt der Graf römischen Wein kredenzen, einen Becher für jeden. Ein Fässchen hat er mit drei Bären- und fünf Wolfsfellen bezahlt. Auf einer dieser Bärenjagden kam ein Treiber um; er war aber nur ein Schalk gewesen . . .
Graf Gero nennt seinen ersten Sohn »Fritho« und weiht ihn dem Kriegsgott. Aus geworfenen Buchenstäben haben die Priester den Alemannen weite Wanderungen und Kämpfe gegen fremde Völker vorhergesagt. Da wird sich Fritho bewähren müssen. Graf Gero erschlägt einen Auerochsen und zeichnet den Neugeborenen mit dem Blute des Tieres. Die Kraft des Bullen soll in den Knaben überströmen. Das erfährt Fritho später von Augenzeugen.

Er gedeiht, kräht mit kräftiger Stimme, strampelt mit strammen Beinchen und schaut klug in die Welt. Das sagt ihm später die Mutter.

Als er zwei Jahre alt geworden ist, bekommt er einen Bruder. Graf Gero nennt ihn Ulf. Fritho und die Schwestern schließen den Jüngsten ins Herz, jedes auf seine Art. Die Eltern sehen es mit Freude, Fritho sagt »Kleiner« zu Ulf und fühlt sich als Beschützer.

Am neunten Geburtstag des Kleinen geben Graf Gero und Frau Thursinhilt allen befreundeten Sippen ein Fest. In der großen Halle, im Hofraum und draußen am Fluss ist fröhlicher Lärm. Gerolf und Thursinhilt sind glücklich. Es ist ihnen zu Mute, als hätten sie Ulf zum zweiten Mal geschenkt bekommen.

Bis zum heutigen Tag hat er in schrecklicher Gefahr gelebt, das prophezeite vor Jahren ein wandernder Seher. »Bete zu den Göttern, Graf Gero«, sagte er, »dass Ulf seinen neunten Geburtstag erlebt. An diesem Tage wird das Böse die Macht über ihn verlieren . . .«

Nun hat es die Macht verloren. Der Neunjährige ist gesund und munter. Die schlimme Krankheit, die ihn im vergangenen Jahr überfallen hat, ist vorübergegangen und hat keine Spur hinterlassen.

Mit den vornehmsten Gästen sitzt Graf Gero in der Halle, dem weiten Wohnraum des Bauernhofes. Auf den Holzbänken an den Wänden drängen sich die Feiernden zusammen. Vom gemauerten Herd steigt leichter Rauch auf, kräuselt nach oben und streicht durch die Öffnung im strohgedeckten Dach ins Freie. Das Festmahl ist vorüber. Jetzt kreisen die Becher.

Schmetternde Hornstöße schrecken die fröhliche Gesellschaft auf. Graf Gero setzt den Becher ab, Frau Thursinhilt neben ihm krampft die Hände ineinander. Einige Gäste springen von den Sitzen. Köstlicher Met schwappt auf den Fußboden aus fest gestampftem Lehm.

Die Hornstöße melden Unheil. »Der Seher hat gelogen«, murmelt Frau Thursinhilt.

Die ersten Gäste drängen aus der Halle hinaus.

Die Hörner schmettern weiter.

Dann atmen Graf und Gräfin auf. Die Hinausdrängenden sind zurückgewichen. Durch die Gasse läuft Ulf herein.

Die Eltern lächeln befreit.

Vor ihren Hochsitzen bricht Ulf in die Knie. Tränen strömen über sein Gesicht. »Ich kann nichts dafür«, stößt er hervor. »Er stieß mich weg und – da traf es *ihn*.« Aus dem Schluchzen wird heulendes Elend.

Graf Gero und Frau Thursinhilt brauchen nicht zu fragen. Die Leute geben die Hallentür frei, die Gasse wird breiter. Ein Krieger trägt Fritho herein. Hinter ihm gehen mit gesenkten Köpfen die Schwestern. Fritho liegt reglos in den Armen des Kriegers. Blut tropft auf den Fußboden.

Ulf schlägt sich mit den Fäusten an die Stirn. Mutter Thursinhilt führt ihn hinaus. Sie weiß, dass *er* ihre Hilfe braucht. Fritho, das sieht sie mit einem Blick, kann nur der Priester helfen, falls Hilfe noch möglich ist.

Der zauberkundige Priester des Thor, der Ehrengast des Festes, lässt Fritho in sein Haus bringen und nimmt sich seiner an.
In der Halle hört Graf Gero den Bericht seiner Töchter. Die Gäste drängen zurück und hören mit:
Ulf hatte den Jungen und Mädchen ein Spiel im Walde vorgeschlagen. Die Eltern hatten nichts dagegen. »Pass auf deinen Bruder auf«, sagte Mutter Thursinhilt zu Fritho. »Du weißt, wie leichtsinnig er ist.« Fritho versprach es . . .
Steil steigt der bewaldete Hang hinter der Flussschleife an. Auf der Höhe stoßen zwei Felsblöcke bis an die Wipfel der Bäume. Auf der Lichtung darunter spielen die Kinder gern »Römer und Alemannen« oder einfach Verstecken . . .
»Römer und Alemannen«, schlug Ulf diesmal vor.
Einige Mädchen waren dagegen, weil dieses Spiel immer mit Rauferei endete, aber die Jungen setzten sich durch. Es war doch zu schön, die Römer zu verprügeln! Keines der Kinder hatte je einen römischen Soldaten gesehen, aber die Erwachsenen erzählten immer wieder von diesen Unmenschen. Manche behaupteten, die Legionäre seien Unholde aus den Tiefen der Erde.
Die zu »Römern« bestimmten Jungen und Mädchen wehrten sich gegen ihre Rollen. Sie waren in der Minderzahl und wurden überstimmt. Um seinem Bruder einen Gefallen zu tun, übernahm Fritho das Kommando über

die »Römerhorde«. Ulf war selbstverständlich der Anführer der Alemannen.
Die »Römer« verschwanden hinter den Felsen.
Ulf war ungeduldig und hielt sich nicht an die Spielregeln. Noch bevor »die Römer ihre Weiber« in Sicherheit bringen konnten, befahl er den alemannischen Angriff. Die Kämpfer prallten aufeinander. Die Römer, erbost über Ulfs Hinterlist, wehrten sich verbissen. Da brach das Unheil herunter.
Der Felsblock, den die Leute »Wackelstein« nannten, weil er lose auf dem Massiv lag, kippte um. Ob ein aufgescheuchtes Tier das Abkippen auslöste oder eine Erschütterung im Gestein, würde nie festgestellt werden. Es knirschte durchdringend. Einige Jungen und Mädchen schrien erschrocken. Da donnerte der Brocken herunter.
Fritho stieß seinen Bruder zur Seite. Ulf war genau unter dem Fels gestanden. Er kam davon, Fritho konnte sich *nicht* retten.
Den Entsetzensschrei der Kinder hörte ein von der Jagd zurückkehrender Krieger. Er trug Fritho in Geros Hof ...
Der Priester des Thor schient das zerschmetterte linke Bein des Jungen mit Buchenstäben und legt blutstillende Kräuter auf die Wunden. Dann segnet er den Reglosen mit einem Zweig der heiligen Mistel.
Er entreißt Fritho dem Tod und schenkt ihm bitteres Leben.
Das Bein heilt zusammen, die Narben stören nicht.

Furchtbar ist das andere. Der heilkundige Priester hat abgesplitterte Knochenstücke entfernen müssen. Das linke Bein ist kürzer geworden, der linke Fuß verkrüppelt. Fritho wird sein Leben lang humpeln und hinken.

Zuerst ist es gar nicht so schlimm. Fritho wird als Held gefeiert. Er, der Elfjährige, hat sich für den Bruder geopfert. Das ist alemannisch! Die Wunden sind ehrenhaft.

Die Zeit schleift die Bewunderung ab. Schon nach Monaten treffen Fritho immer mehr mitleidige Blicke und manche Leute nennen ihn »Hinkefuß«.

Mutter Thursinhilt hält zu ihm.

Vater Gero wendet sich immer deutlicher von ihm ab, je weiter die Zeit fortschreitet. Einen Hinkefuß, überlegt er, werden alemannische Stämme nie zum Anführer wählen. Einen dem Feind entgegenhinkenden Grafen hat es noch nie gegeben! Fritho spürt die Abneigung, auch wenn Vater sich Mühe gibt, sie zu verbergen.

Immer deutlicher wenden sich auch die Geschwister von Fritho ab. Seitdem Vater den Ulf bevorzugt, halten die Schwestern zum Jüngeren. Ulf plagt das Gewissen. Er will Fritho nicht ein Leben lang zu Dank verpflichtet sein. Wenn er daran denkt, dass *er* eigentlich humpeln müsste, geht ihm Frithos Hinkerei doppelt auf die Nerven.

Fritho sieht, fühlt und beißt die Zähne zusammen.

Die Jungen im Dorf schließen ihn von ihren Kampfspielen aus. Der Hinkefuß passt nicht unter zukünftige Krieger. Die Mädchen sehen an ihm vorbei. Mit einem Hinkefuß können sie nicht angeben.

Mutters Liebe schmerzt mehr, als sie tröstet.

Von Jahr zu Jahr wird es schlimmer ...

Sein sechzehnter Geburtstag wird für Fritho zur größten Demütigung. Graf Gero überreicht ihm nicht das Schwert, das einem sechzehn Jahre alten Edeling zusteht, sondern nur einen Dolch in verzierter Scheide.

Der alte Priester, den einige für wunderlich halten, segnet Fritho im Namen des Thor und beglückwünscht ihn, dass er nun ein Mann geworden sei, ein Waffenträger seiner Sippe.

Der junge Priester neben ihm rümpft die Nase. Es wird Zeit, dass die Götter den Alten zu sich nehmen, denkt er, sieht Fritho an und schüttelt den Kopf.

Fritho läuft davon. Niemand hält ihn zurück.

Der vierzehn Jahre alte Ulf wird am Hof eines befreundeten Edelings zum Kämpfer ausgebildet. Es ist notwendig, kräftige Jungen mit Kriegswaffen umgehen zu lehren, denn die Zeiten sind unruhig. Immer wieder kommt Kunde von wandernden Stämmen ins Dorf; von Hungerleidern, die im Osten aufgebrochen sind, um fruchtbares Land im Westen zu suchen.

Fruchtbar ist die große Schleife des Flusses.

Graf Gero lässt die vom Wasser ungeschützte Dorfseite mit Palisadenpfählen befestigen und schickt doppelt so viele Männer wie bisher auf Wache.

Fritho lebt wie im Fieber. Er fürchtet den Kampf und

wünscht ihn herbei, weil er sich bewähren möchte. Dann wird Vater ihm das Schwert übergeben *müssen!*

Er wartet vergebens. Niemand greift das Dorf an; nicht einmal räuberisches Gesindel, dem es nur auf rasche Beute ankommt. Die Priester werfen Buchenstäbe und der alte und der junge sagen dasselbe: »Keine einzige Rune kündet Kriegsgefahr.«

Graf Gero zieht die zusätzlichen Wächter an Fluss und Palisade wieder ein.

Drei Tage später schlägt das Unheil zu.

Mitten in der Nacht.

Es reißt dem Wächter das Horn von den Lippen, die Worte vom Mund und überfällt die schlafenden Männer, Frauen und Kinder mit tödlicher Wucht.

Windstöße pfeifen plötzlich vom Osten heran, Wolkenfetzen jagen über den Himmel, Blitze zucken, Donnerschläge krachen mitten hinein. Es ist, als hätten sich alle bösen Mächte gegen das Dorf verschworen. Schon der zweite Blitz zündet. Er schlägt in das Priesterhaus, dessen Strohdach sofort Feuer fängt. Den Wächter wirft ein abgesplitterter Baumast zu Boden. Windstöße wirbeln die Glut vom Priesterhaus auf andere Dächer und in den bewaldeten Hang. Als sturmgepeitschte Riesenfackel lodern das Dorf und der Wald.

Die Donnerschläge und das Prasseln der Flammen wecken die Schläfer. Panik bricht aus.

Graf Gero und seine besonnensten Männer können sich nicht einmal mit Gewalt durchsetzen. Die Leute verlie-

ren Überlegung und Verstand. Die einen wollen nur fliehen, um das nackte Leben zu retten, andere bergen Wertloses, an dem ihr Herz hängt.
Da stürzt der Regen vom Himmel.
Regen? – Ein Wolkenbruch!
Als Strom flutet der Fluss auf einmal heran. Er schießt über die Ufer, überschwemmt das Land in der Schleife und macht das Dorf zu einer Hölle aus Wasser und Feuer . . .
Als Fritho zu sich kommt, ist Brandgeruch um ihn. Er versucht sich zu erinnern: Ja – er rannte aus dem brennenden Hof des Vaters, da traf ihn ein Balken am Kopf und dann war's aus.
Fritho stöhnt.
»Na also«, sagt eine Stimme, »da bist du ja wieder.«
Mühsam öffnet Fritho die Augen.
Die Sonne scheint und da ist ein Gesicht unter weißem Haar. Der Vollbart kitzelt Fritho unter der Nase.
Es ist der alte Priester des Thor.
Fritho steht auf und sieht sich um.
Überall ist Grauen.
Neben dem alten Priester steht Fritho auf halber Höhe des Hanges. Da sind keine Bäume, da schwelen abgebrannte Stümpfe, deren Glut der Wolkenbruch nicht auslöschen konnte. Die Schneise des Verderbens reicht bis ins Tal hinunter.
Dort ist kein Dorf mehr; dort ist ein See, aus dem die Überreste der Häuser als verkohlte Sparren herausra-

gen. Vom Hof des Grafen ist kaum mehr übrig geblieben als von der einfachsten Hütte.
Der Fluss führt Hochwasser heran.
Zwei Kähne schaukeln durch die Trümmer. Ein paar Leute schwimmen und waten um die Brandstätten, suchen und tasten. Fritho erkennt den Vater unter ihnen.
Im Gestrüpp des Flussufers haben sich dunkle Körper verfangen: ertrunkene Rinder und Pferde, die mit den Halftern im Geäst hängen geblieben sind.
Fritho schüttelt die Fäuste gegen die Sonne und schreit: »Oh Götter, seid barmherzig!«
Der alte Priester legt ihm die Hand auf die Schulter. Er sagt kein Wort.
Fritho reißt sich los, humpelt den Hang hinunter, stürzt, rafft sich auf, hinkt weiter, platscht ins Wasser, packt einen treibenden Balken und rudert mit dem freien Arm auf den Vater zu.
Graf Gero sieht schrecklich aus. Sein Gesicht ist zerschrammt, die Hände sind verbrannt, in nassen Fetzen hängen die Kleider am Leib. Graf Gero kniet im schaukelnden Kahn und zerrt ein regloses Mädchen aus dem Wasser.
»Vater!«, ruft Fritho.
Der Graf legt das Mädchen ins Boot, wendet sich Fritho zu und sagt: »Du bist mir also geblieben. Die Götter gehen seltsame Wege.«
Fritho schluckt den Spott hinunter, er hört die Verzweif-

lung in der Stimme des Vaters. »Wo ist Mutter?«, fragt er angstvoll.
»Tot«, antwortet der Graf. »Sie ertrank, als sie dich suchte.«
»Meine Schwestern?«, keucht Fritho.
»Die Decke brach über ihnen zusammen, bevor wir sie retten konnten«, sagt der Vater hart. »Sie mussten nicht leiden.«
»Unsere – Nachbarn?«, stottert Fritho.
Der Vater winkt ab. »Nur wenige sind davongekommen. Auch der junge Priester lebt nicht mehr. Er rettete zwei Frauen, bevor er starb.«
Frithos Balken wird von einer Welle erfasst; Fritho greift nach dem Kahn des Vaters.
»Hände weg!«, keucht Graf Gero. »Einem Feigling helfe ich nicht aus dem Wasser heraus!«
»Vater!«, schreit Fritho entsetzt.
»Vater, Vater!«, höhnt der Graf. »Wo warst du denn, als wir dich brauchten?!«
»Ich bekam einen Hieb auf den Kopf«, stöhnt Fritho, »dann wusste ich nichts mehr. Als ich erwachte, war der alte Priester neben mir. Ich kann doch nichts dafür, dass ich ohnmächtig wurde.«
»Von einem Hieb«, spottet der Graf und wieder hört Fritho die Verzweiflung im Spott. »Von einem Hieb wird der Jungmann Fritho so schwer betäubt, dass er bis in den hellen Tag hineinschläft, während andere um ihr Leben kämpfen!« Er winkt ab, als Fritho aufbegehrt, und

fährt fort: »Ich nehme den Feigling zurück. Du bist nur ein Schwächling. Tu mir den Gefallen und komm mir eine Zeit lang nicht mehr unter die Augen!« Er stößt Fritho zurück und treibt den Kahn mit kräftigen Ruderschlägen fort.

Das Wasser schlägt über Fritho zusammen. Er wehrt sich nicht. Jetzt fürchtet er das Sterben nicht mehr. In seiner Verzweiflung sieht er im Tod einen Freund.

Der alte Priester rettet ihn zum zweiten Mal . . .

Fritho erwacht in einer Höhle am Hang.

»Drei Tage und Nächte warst du in der anderen Welt«, sagt der Greis. Fritho hört es mit halbem Ohr, trinkt einen bitteren Trank und dämmert von neuem hinüber. Er schläft zwei Tage und Nächte durch und erlebt dann den Morgen mit wachen Sinnen.

»Es ist Zeit geworden«, sagt der alte Priester. »Die Vorräte in der Höhle gehen zu Ende.«

»Ich werde für neue Vorräte sorgen«, verspricht Fritho.

Der Alte schüttelt den Kopf. »Das ist kaum möglich, mein Junge. Der Sturm hat die Früchte vernichtet, das Wild vergrämt und das Wasser vergiftet. Auch im Oberlauf des Flusses hat er zugeschlagen, Kadaver treiben heran, sie verseuchen die Fische.«

»Wo sind die anderen?«, fragte Fritho.

»Weggezogen«, sagt der Alte. »Es sind nicht mehr viele. Dein Vater führt sie an. Sie konnten einige Pferde und Rinder, Schweine und Enten retten. Aus Trümmern bauten sie Wagen zusammen.« Er zuckt die Achseln. »Bleiben durften sie nicht. Ein Dorf, in dem ein Priester umgekommen ist, gilt als verflucht. Es darf nie wieder aufgebaut werden.«

»Warum haben sie mich nicht mitgenommen?«, stößt Fritho hervor.

Der Alte streicht ihm übers Haar. »Denk nicht darüber nach«, murmelt er mitleidig. »Danke den Göttern, dass du am Leben bist.«

»Wohin wandern sie?«, will Fritho wissen.

»Nach dem Süden«, antwortet der Alte. »Dort unten, an der römischen Mauer, haust die Sippe, der deine Mutter entstammt. Jeder Alemanne ist verpflichtet in Not geratene Blutsverwandte aufzunehmen. Dein Bruder Ulf wird mit denen, die hier übrig geblieben sind, an der Mauer zusammentreffen. Dein Vater hat einen Boten zu ihm gesandt.«

»Was soll ich tun?«, fragt Fritho.

»In der Nachbarhöhle steht ein Pferd für dich«, sagt der Priester. »Ich habe es aus dem Wasser gezogen, es war gesattelt und gezäumt. Reite ihnen nach.«

»Kommst du mit?«, fragt Fritho.

Der Priester schüttelt den Kopf. »Nein, mein Junge. Ich bin zu alt geworden, um noch einmal wegzugehen. Und irgendjemand muss doch hier bleiben, um für die Verbrannten, Ertrunkenen und Erschlagenen zu beten und die zu begraben, die das Wasser noch hergeben wird.«

Er beschreibt Fritho, wohin er reiten soll, und segnet ihn im Namen des Thor.

Fritho reitet.
Unterwegs begegnet er zwei kleinen Gruppen, die durch den Sturm heimatlos geworden sind. Ihre zerstörten Dörfer liegen im Osten. Die Leute drängen südwärts, der Römermauer zu. Hinter dieser Mauer, behaupten sie, liege das fruchtbarste Land, das ein Alemanne sich wünschen kann. Und die Leute hinter der Mauer hätten Höfe gebaut, in die man sich nur hineinzusetzen brauche.
Kaum einer der Heimatlosen fürchtet den Kampf. Die Römer und Kelten seien bequem, fett und feige geworden, heißt es. Bei einem richtigen alemannischen Ansturm würden sie die Waffen wegwerfen und wie Hasen davonrennen. Viele römische Soldaten würden sogar überlaufen und auf alemannischer Seite mitkämpfen, weil im römischen Heer kaum noch echte Römer dienten. Die meisten Legionäre stammten aus nichtrömischen Völkern, sehr viele seien Germanen. Und weil die Alemannen zum großen Volk der Germanen gehören, würden germanische Legionäre keinen einzigen Speer gegen Alemannen schleudern.
So raunen die Wanderer. Jeder glaubt es, weil er es glauben möchte.
Als Reiter ohne Gepäck ist Fritho schneller als die Männer, Frauen und Kinder mit den schweren Wagen, die sich mühsam vorwärts quälen.
Den Vater holt er trotzdem nicht ein. Er trifft ihn erst in dem Dorf, aus dem die Mutter kam. Es liegt mitten im

Wald, nur eine Reitstunde von der römischen Mauer entfernt.
Am selben Tag, an dem Graf Gero ins Dorf kommt, stürzt der Dorfgraf vom Pferd und redet seither wirre Worte. Der Dorfpriester wertet den Unfall als Zeichen der Götter. »Gero«, verkündet er, »soll euer Graf sein. So wollen es Odin und Thor!«
Die Leute glauben ihm. Nur wenige wissen, dass der Priester ein Bruder der unglücklichen Thursinhilt ist.
Die Heimatlosen brennen darauf, in das fruchtbare Land jenseits des Limes zu ziehen; aber noch sind sie zu schwach, um die Mauer zu überrennen, auch wenn sich einheimische Heißsporne, die nach Kampfruhm dürsten, ihnen anschließen. Graf Gero braucht keinen kleinen fanatischen Haufen, sondern tausende disziplinierter Krieger.
Als Fritho ins Dorf kommt, ist Ulf schon da.
Er brennt auf Bewährung.
Graf Gero verzieht das Gesicht, als er Fritho sieht. »Was willst du?«, herrscht er ihn an. »Es wird Krieg geben, da kann ich keine Schwächlinge brauchen.«
»Ich werde dir beweisen, dass ich kein Schwächling bin!«, schreit Fritho ihm ins Gesicht.
»Gut«, spottet der Vater, »dann bring mir einen Römer als Gefangenen. Und weil du der Sohn eines Grafen bist – einen römischen Anführer. Du erkennst ihn am roten Helmbusch.«
»Wann?«, fragt Fritho.

»In vierzehn Tagen«, bestimmt der Graf. »Da werden wir uns zunächst einmal zeigen, damit die Römer Spähtrupps gegen uns schicken, die wir dann gefangen nehmen.« Er lacht. »Geiseln sind für den großen Angriff immer gut. Und je mehr Anführer wir schnappen, desto empfindlicher schwächen wir die römische Abwehrkraft.«

»Ich werde dir einen Anführer bringen, Vater«, trotzt Fritho.

»Ich glaube es dir, wenn er gebunden vor mir steht«, sagt der Graf.

Fritho schlägt zurück. »Glaubst du jetzt schon, Vater, dass die Männer aus dem Dorf dir folgen werden, wenn du zum Sturm auf die Mauer rufst?«

Graf Gero lacht. »Ich glaube es nicht nur, ich *weiß* es. Flüchtlinge wie wir sind nirgendwo gern gesehen. Je früher wir verschwinden, desto lieber ist es den Einheimischen. Sie werden uns im Kampf unterstützen, um uns loszuwerden.« Er stupst Fritho an. »Aber darüber brauchst du dir dein Köpfchen nicht zu zerbrechen. Bring mir den römischen Anführer. Dein Pferd, deinen Dolch und einen Strick darfst du mitnehmen. Das Schwert bekommst du danach.«

Fritho nickt grimmig.

Der Vater demütigt ihn weiter. »Ich werde Ulf hinter dir herschicken, damit er dich befreit, falls du in eine Falle tappst.«

»Nicht nötig!«, sagt Fritho mühsam beherrscht.

»Ich tue es trotzdem«, spottet der Graf.
Fritho beißt die Zähne zusammen und schweigt.
In den nächsten Tagen geht er dem Vater aus dem Weg. Mit Ulf wechselt er nur wenige Worte. »Der Kleine« ist überheblich geworden, seine Dankbarkeit in Widerwillen umgeschlagen. Ulf behandelt den großen Bruder wie einen lästigen Fremden. Er ist heimat- und mittellos wie dieser und fühlt sich ihm überlegen, weil er gesunde Beine hat.
In der Nacht vor dem Scheinangriff schleicht sich Fritho davon. Er will nicht, dass Ulf ihn »beschützt«. Um kein Aufsehen zu erregen, lässt er sogar sein Pferd im Stall. Nur den Dolch und das Seil nimmt er mit. »Ich werde es euch beweisen«, murmelt er trotzig, dann taucht er im Hochwald unter.
Den Rest der Nacht verbringt er im Gehölz.
Aus sicherem Versteck heraus beobachtet er am nächsten Morgen die alemannischen Krieger, die zum Waldrand reiten und laufen. Er hört die Drohungen, die sie gegen die Römer ausstoßen, hört römische Spähtrupps herangaloppieren, hört das Klirren und Krachen von Waffen und das Stöhnen Getroffener.
Als es ruhig geworden ist, verlässt er sein Versteck. Er hofft auf einen fliehenden römischen Anführer zu stoßen, den er in ehrlichem Kampf besiegen möchte; nur mit dem Seil, das er als Schlinge zu schleudern gelernt hat.
Er fängt ein römisches Pferd ein und hört Hilferufe aus einer Schlucht herauf. Er eilt darauf zu.

In der Steilwand liegt ein Römer in einem Haselstrauch. Der neben ihm aufgespießte Helm trägt einen roten Federbusch, das Zeichen des Anführers. Der Haselstrauch hängt nur noch lose im Gestein, er senkt sich mit tödlicher Sicherheit. Steine poltern in die Tiefe. Auf dem Grunde der Schlucht liegen reglos zwei Legionäre.
Fritho denkt nicht mehr an seinen Triumph, er sieht nur den Menschen in Not. Und er, der Hinkefuß, kann ihm helfen. Auf den ersten Blick erkennt er aber auch, dass er allein zu schwach ist den Römer auf die Plattform zu ziehen.
Aber da ist ja das Pferd. Fritho legt die Schlinge zurecht und bindet das freie Seilende an den Sattelgurt. Das Pferd schnaubt leise, aber es steht ruhig. Die Stimme vom Steilhang herauf scheint es festzuhalten.
Fritho wirbelt die Schlinge um seinen Kopf, lässt sie in die Tiefe zischen – und die Götter stehen dem Römer bei. Mit einem Ruck zieht sich die Schlinge um die Beine des Hilflosen zusammen. Der Helm mit dem roten Federbusch poltert in die Schlucht hinunter, der Haselstrauch segelt hinterher. Mit dem Kopf nach unten hängt der Römer am Seil, pendelt gegen die Felswand und ist stumm geworden.
Fritho packt das Pferd am Zügel. »Hüü!«
Der Gaul zieht den Römer nach oben.
Fritho bindet den Fremden los und stellt fest, dass er atmet. Das zerschrammte Gesicht zuckt hin und wieder.
Fritho schlingt die Zügel um einen Ast, rafft einen Legio-

närshelm auf, der auf der Plattform liegen geblieben ist, und holt Wasser aus einer nahen Quelle.
Der Römer kommt nur langsam zu sich. Fritho muss ihm Ohrfeigen verpassen, damit er richtig aufwacht.
Dann geschieht das Unfassbare. Heimtückisch schlägt der Gerettete seinen Retter zu Boden! Dabei hätte Fritho ihn freigelassen. Das hat er geschworen, als er den Hilflosen vor dem Absturz bewahrte; der Mutter und den Schwestern zuliebe, denen er nicht helfen konnte. Er hätte einen anderen Römer gefangen; einen, der nicht hilflos gewesen wäre.
Irgendwann spürt er, dass er durchgeschüttelt wird, hört halb im Unterbewusstsein Hufschläge, stöhnt, wendet mühsam den Kopf, erkennt den Römer, den er gerettet hat, und wird zum zweiten Mal bewusstlos geschlagen.
Nun ist er selbst gefangen und verflucht die Tücke des Anführers, den er dem Tod entrissen hat.

Feuer am Limes

Er lügt«, beteuerte der Offiziersanwärter Publius Appius Pulcher noch einmal. »Kannst du dir vorstellen, Centurio, dass ich in einem Haselstrauch liege und um Hilfe schreie? Ich, ein zukünftiger Offizier des Kaisers? Ich, der ich einer Familie entstamme, deren Männer sich Ruhm in vielen Kriegen erkämpft haben? Jeder von ihnen ist im Anblick des Todes stolz und stumm gestorben. Da sollte ausgerechnet ich um Hilfe schreien?«

Glabrio, der stellvertretende Kommandant, sah von Publius auf Fritho, von Fritho auf Publius.

Der Offiziersanwärter biss die Zähne zusammen.

Glabrio wandte sich an Cornelia. »Lass den Alemannen schwören, dass er die Wahrheit gesprochen hat.«

»Er wird *falsch* schwören!«, stieß Publius hervor. Glabrio winkte ab und Cornelia übersetzte.

Fritho wies auf den Offiziersanwärter. »Er ist ein böser Mensch«, sagte er in der Mundart seines Stammes. »Ich habe die Wahrheit gesprochen, das schwöre ich bei meinen und deinen Göttern.«

»Es genügt, bei dem *einzigen* Gott zu schwören«, antwortete ihm das Mädchen, aber das begriff er nicht.

»Glaubst du mir?«, fragte er aufgeregt.

Cornelia nickte und er atmete auf.

»Fritho hat geschworen«, erklärte das Mädchen den Männern. »Ich glaube ihm, dass er die Wahrheit sagt.«

»Er hat *falsch* geschworen!«, zischte der schöne Publius.
»Willst du auch schwören?«, fragte Glabrio.
»Ich?!«, rief Publius empört. »Ich soll meinen Schwur gegen den eines Barbaren setzen?!«
»Warum nicht?«, warf Cornelia ein.
»Du hältst den Mund!«, fuhr Publius sie an.
»Ich zwinge dich keineswegs gegen den Gefangenen zu schwören«, sagte Glabrio, »aber ich finde, dass er ein ehrliches Gesicht hat.«
»Diese Kerle können sich ausgezeichnet verstellen«, erwiderte Publius gereizt. »Wenn ich gewusst hätte, in welche Schwierigkeiten mich dieser Lügner bringt, hätte ich ihn drüben im Wald erschlagen!«
»Nein!«, rief Cornelia.
Publius lachte spöttisch. »Oh Verzeihung, Mädchen! Ich vergaß, dass du nur eine Halbrömerin bist. Kein Wunder, dass deine alemannische Hälfte einen Barbaren in Schutz nimmt.«
Einen Augenblick lang sah es aus, als ob sich Cornelia auf den Spötter stürzen wollte. Glabrio fuhr dazwischen. »Jetzt reicht's«!«, knurrte er unwillig.
Da hatte sich Cornelia schon wieder gefasst. »Eigentlich tust du mir Leid, Publius Appius Pulcher«, sagte sie ruhig.
Dieser fuhr auf. »Sag das nicht noch einmal, du . . .«
Weiter kam er nicht. Horn- und Trompetenstöße schmetterten über Lager und Siedlung.
Lang gezogene Signale.

»Das bedeutet Feuer«, sagte Glabrio. »Feuer am Limes. Jetzt soll der Präfekt gefälligst selbst wieder das Kommando übernehmen.«
»Warum, Centurio?«, fragte der schöne Publius.
»Warum?«, brummte der Stellvertreter unwillig. »Feuer am Limes ist verdammt gefährlich. Es erfordert schwierigsten Einsatz. Wenn der unter meinem Kommando danebenginge, wäre ich die längste Zeit stellvertretender Kommandant gewesen. Dem Tuditanus schadet eine Niederlage gar nichts. Er verschwindet in wenigen Tagen nach Rom und lässt sich's dort gut gehen, ob er hier gesiegt oder eins aufs Dach bekommen hat.«
Hörner und Trompeten schmetterten in langen Stößen weiter. »Feuer! – Feuer am Limes!«

Mischmasch

Der Feueralarm riss den Präfekten Tuditanus, den Hammerschädel, aus Met- und Weindusel. Er schrak auf, fuhr in die Höhe, stieß mit dem Hinterkopf an die Wand und plumpste auf die Wirtshausbank zurück.
»Feuer?«, murmelte er, rieb sich die Augen und rief nach dem Kneipenwirt. Der gab keine Antwort. Die Gaststube war leer. Von draußen schollen Geschrei, Hufschläge und eilende Tritte herein. Aus dem Lärm klang immer wieder das Wort »Limes« heraus.
»Feuer am Limes?«, knurrte der Hammerschädel und war beinahe nüchtern. Er griff nach dem Weinbecher, fand ihn leer, schleuderte ihn auf den Fußboden, schlug sich an die Stirn und befahl sich selbst: »An die Front, Tuditanus! Wenn es um Feuer am Limes geht, hat der Präfekt bei seiner – hicks! –, bei der Truppe zu sein, auch wenn der Präfekt schon bald abgelöst wird! Feuer am Limes darf man keinem – hicks! – überlassen, keinem Stellvertreter!« Er warf einige Münzen auf den Tisch und stelzte zur Tür.
»Feuer!«, heulten Hörner und Trompeten.
»Feuer am Limes!«, schrien die Legionäre im Kastell, die Männer, Frauen und Kinder in der Siedlung und auf den Höfen.
Glabrio befahl zwei Soldaten, die das Haus des Arivinus bewachten, ins Atrium. »Der Gefangene bleibt zunächst

hier«, sagte er ihnen. »Bewacht ihn streng! Ihr haftet mir für ihn!«
»Jawohl, Centurio!«, antworteten die Legionäre und standen stramm.
»Und das Mädchen?«, erkundigte sich der schöne Publius.
»Bleibt ebenfalls«, entschied Glabrio. »Sie wohnt ja hier. Außerdem werden die Wächter sie brauchen, wenn der Gefangene mit ihnen reden möchte.« Er verabschiedete sich von Cornelia und eilte aus dem Atrium. Der schöne Publius folgte ihm ohne Gruß.
Draußen hatte sich die Menge verlaufen. Nur einige besonders Standfeste waren geblieben, um Neues über den Gefangenen zu erfahren. Glabrio und der schöne Publius gaben ihnen keine Auskunft. Da gingen sie murrend davon.
Hörner und Trompeten lärmten noch immer. »Mir nach!«, befahl Glabrio den Legionären vor dem Hause des Arivinus.
Im Schnellschritt marschierte der Trupp zum Kastell. Aus der Kneipe kam Tuditanus, der Präfekt. Er ging etwas unsicher, aber seine Stimme hatte nicht gelitten. »Jetzt hört ihr auf *mein* Kommando!«, befahl er dem Trupp.
»Jawohl, Präfekt«, sagte der Stellvertreter erleichtert.
»Du kommst mit mir zum Limes, Glabrio«, bestimmte der Hammerschädel. »Diesmal scheint es sich um Ernsthaftes zu handeln, weil sie gar so ausdauernd musizie-

ren. Da brauche ich erfahrene Leute am Feind. Auf die paar Legionäre, die im Lager zurückbleiben müssen, kann *der* da aufpassen.«

Er zeigte auf den schönen Publius.

»Jawohl, Präfekt!«, rief der Offiziersanwärter zackig. Ein Stein fiel ihm vom Herzen. Er hatte den Haselstrauch noch nicht verdaut und war heilfroh nicht schon wieder gegen die schrecklichen Alemannen reiten zu müssen.

Kurze Zeit später donnerte die Kampfbesatzung des großen Kastells auf schnellen Pferden zum Limes hinaus. An der Spitze galoppierten Tuditanus und Glabrio.

Tullia Severa, die Gemahlin des Präfekten, blickte den Reitern nach und sagte grimmig: »Geschieht ihm recht, dem versoffenen Mannsbild!« Dann kniff sie die Daumen ein, spuckte dreimal hinter den Reitern her und murmelte: »Oh Götter, lasst ihn heil zurückkommen!«

Im Kastell spielte sich der schöne Publius als Kommandant auf. »Bildet euch bloß nicht ein, dass ich euch auf der faulen Haut herumlungern lasse, während Kameraden in blutigem Kampfe stehen!«, brüllte er »seine« Legionäre an. »Ihr werdet das Kastell auf Hochglanz schrubben, ihr Drückeberger!«

»Ist doch schon alles auf Hochglanz«, murrte ein Altgedienter, »von wegen der Ankunft des neuen Kommandanten.«

»Maul halten!«, fuhr ihn der schöne Publius an. »Etwas, du Meckerer, ist bestimmt noch nicht auf Hochglanz ge-

säubert: der Arsch meines Pferdes! Den wirst du mir polieren, dass nicht einmal ein Haferkörnchen dranhängt!« Er schnippte mit den Fingern. »An die Arbeit, ihr Feiglinge! Reibt euch die Pfoten wund, während andere für euch die Köpfe hinhalten!«
Die Legionäre – auch die altgedienten – gehorchten dem Grünschnabel, weil es die Vorschrift befahl ...
Im Hause des Arivinus sagte Fritho zu Cornelia: »Es ist schön, dass du mir glaubst.« Er sagte es in der Sprache seines Stammes.
»Ich weiß, dass du die Wahrheit gesprochen hast«, antwortete Cornelia. »Du kannst dich nicht verstellen.«
»Danke«, murmelte Fritho.
»Was redet ihr da?«, erkundigte sich einer der Legionäre misstrauisch.
Der andere lachte. »Sieht aus, als ob sie einander anhimmelten. Lass sie, Kamerad, Anhimmeln ist nicht gefährlich für uns.« Er schnalzte mit der Zunge. »Jetzt hätte ich Appetit auf einen – oder noch besser zwei – oder am besten *drei* Becher Mischmasch.« Im Vorgefühl köstlichen Genusses leckte er sich die Lippen.
»Mischmasch?«, fragte der andere. »Was ist das?«
Der Genießer lachte. »*Meine* Erfindung, Kamerad. Germanischer Met mit römischem Wein zu gleichen Teilen gemischt. Schmeckt göttlich, sag ich dir.«
»Und berauscht wahrscheinlich«, meinte der andere.
Der Genießer lachte. »Und wie! Nach drei Bechern Mischmasch fühlst du dich wie bei den Göttern.«

»Wenn wir den Gefangenen los sind, gehen wir in die Kneipe und lassen uns Mischmasch zusammenschütten«, schlug der andere vor. »Ich bezahle, weil ich heute meinen vierunddreißigeinhalbten Geburtstag habe. Einverstanden?«

Der Genießer nickte begeistert. »Einverstanden, Kumpel, und herzlichen Glückwunsch!« Dann schielte er auf Fritho. »Was meinst du, was sie mit ihm machen werden?«

Der andere zuckte die Achseln. »Wenn er Glück hat, wird er gegen römische Gefangene ausgetauscht. Hat er Pech, schicken sie ihn als Sklaven in die Steinbrüche; und wenn er ganz großes Pech hat, wird er gekreuzigt.«

»Nein, Herr«, flüsterte Cornelia, »das darfst du nicht zulassen.« Zitternd streckte sie die Hände dem Fischmosaik entgegen.

Da kam die Erleuchtung.

»Ich könnte euch Mischmasch zusammengießen«, sagte Cornelia zu den Legionären. »Vater hat Wein und Met im Hause.«

»Häääh?«, brummten die Wächter.

»Wein und Met sind gut gekühlt«, erzählte Cornelia. »Wir haben einen Keller unter dem Atrium, da bleiben Speisen und Getränke selbst dann frisch, wenn es draußen heiß ist. Unser Wein ist sehr kostbar. Er stammt von den Hängen des Vesuvius, des rauchenden Berges weit unten im italischen Süden. Der Präfekt Tuditanus schenkte meinem Vater für treue Dienste zwei Amphoren dieses köstlichen Tropfens. Eine Amphore öffne ich gerne für euch.«

»Hm«, seufzte der Genießer und verdrehte die Augen.

Sein Kamerad wies auf Fritho. »Und der da?«

Cornelia beruhigte ihn. »Ich werde zuerst den Gefangenen zwei Becher trinken lassen. Dass er euch dann noch davonlaufen könnte, glaubt ihr wohl selbst nicht.«

»Glaub ich tatsächlich nicht«, stimmte der Genießer zu.

Fritho saß mit geschlossenen Augen und bewegte sich nicht.

»Warum, Mädchen, willst du ausgerechnet für uns eine Amphore Götterwein öffnen?«, fragte der zweite Legionär.

»Misstrauisch?«, spottete Cornelia.

»Ja«, sagte der Legionär. »Sehr sogar.«

Cornelia zuckte die Achseln. »Ihr erbarmt mich, weil ihr einen Jungen bewachen müsst, während eure Kameraden am Limes Ruhm und Ehre erkämpfen. Darüber wollte ich euch ein bisschen hinwegtrösten. Doch wenn ihr euch vor einem Becher Vesuvius fürchtet?«

»Aber nein«, versicherte der Genießer, stupste seinen Kameraden an und flüsterte ihm zu: »Bevor die vom Limes zurückkommen, sind wir längst wieder nüchtern, selbst wenn wir vier, fünf oder sechs Becher getrunken hätten.«

»Außerdem bin *ich* noch da«, sagte Cornelia. »Ich behal-

te meinen klaren Kopf, weil ich nie Berauschendes trinke.«
»Du weißt, welche Strafe betrunkenen Wächtern droht!«, warnte der Zweifler den Kumpan.
»*Ich* trinke«, sagte dieser. »Meinetwegen bleibst du nüchtern, bis du schwarz wirst.« Er nickte Cornelia zu. »Bring den Wein und den Met, Mädchen. Aber dem Gefangenen schenkst du keinen Vesuvius ein, sondern das sauerste Gesöff, das aus dem sauersten Erdboden gewachsen ist!«
»Das haben wir auch«, sagte Cornelia gleichmütig, obwohl sie am liebsten laut gejubelt hätte.
Der Genießer setzte sich, streckte die Beine weg, nahm den Helm ab, stieß den Kameraden an und spottete: »Ich werde dir was vorsaufen, Kumpel, dass dir das Wasser aus den Mundwinkeln läuft!«
»Du irrst, Freundchen«, knurrte der Verspottete. »Ich saufe mit!«
Cornelia stellte zwei Amphorenhalter und drei Becher auf den Tisch, dann lief sie hinaus, um Wein und Met zu holen.
Im Vorgefühl der Mischmaschfreuden summte der Genießer ein Trinklied. Sein Kamerad stimmte mit ein und sie summten zweistimmig.
Grausam falsch, aber ihnen gefiel's.
Cornelia kam mit einer Amphore zurück. Mehr konnte sie nicht tragen, denn Wein und Gefäß wogen schwer. Sie stellte die Amphore in den eisernen Dreifuß und lös-

te das Siegel vom Flaschenhals. »Das ist der Vesuvius«, sagte sie. »Jetzt hole ich den Met und dann das saure Gesöff für den Gefangenen.« Sie lief.

»Mal probieren«, sagte der Genießer, steckte den Finger in den Amphorenhals, zog ihn heraus und leckte ihn ab. »Hmmmmmmmmh!«, stöhnte er wohlig. »Dieser Wein ist zu schade, um mit Barbarenmet gemischt zu werden.«

Da probierte auch der Kamerad. »Du hast Recht«, stimmte er zu. »Trotzdem interessiert mich der Mischmasch. Mit *diesem* Wein muss er besonders köstlich schmecken.«

»Zunächst genehmige ich mir einen Becher unvermischt«, entschied der Genießer, schenkte sich ein und trank. Sein Gesicht verklärte sich vor Wonne.

Da goss sich auch der andere einen Becher voll und leerte ihn in zwei Zügen. »So etwas Gutes können sich nur *reiche* Leute leisten«, stöhnte er wohlig und neidisch zugleich.

»Leider«, brummte der Kumpan. »Und Kerle wie dieser Arivinus kriegen zwei Amphoren voll geschenkt!« Er goss seinen Becher zum zweiten Mal voll und trank ihn aus.

Sein Kumpel machte es ebenso.

Fritho saß unbeweglich und schien zu schlafen.

Cornelia kam aus dem Keller zurück. In der einen Hand trug sie einen Henkelkrug voll Met, in der anderen eine kleine Amphore, in der anscheinend der minderwertige Wein für den Gefangenen war.

Da plumpste es zweimal nacheinander. Die Legionäre waren mit den Köpfen auf die Tischplatte gefallen. Dabei stieß der Genießer die Amphore mit dem köstlichen Wein um. Sie rollte vom Tisch und zerbrach auf dem Fußboden. Die Legionäre stöhnten kurz, dann lagen sie still.
Fritho sprang auf.
»Mach keine Dummheiten«, sagte Cornelia, »du würdest nicht weit kommen. Setz dich!«
Der Junge gehorchte.
Cornelia stellte den Metkrug auf den Tisch und die kleine Amphore in den zweiten Dreifuß, wandte sich dem Fischmosaik zu und sagte in der Sprache der Römer: »Lass nicht zu, Herr, dass die Wächter meinetwegen bestraft werden.« Dann entnahm sie einer Truhe zwei Kleidungsstücke: ein hemdartiges weißes Gewand und eine graue Wollstoffdecke, die an einem Ende eine Kupferschließe hatte. »Eine Tunika und eine Lacerna meines Vaters«, erklärte sie. »In deiner Sprache: ein römischer Alltagskittel und ein römischer Mantel. Zieh sie über, sie werden dir die Flucht erleichtern. Draußen geht alles drunter und drüber, da schauen unsere Leute nicht so genau hin. Hauptsache, die Kleider stimmen. Mach schnell!«
Fritho gehorchte auch jetzt. Cornelia half ihm. Dabei erklärte sie ihm ihren Plan: »Zuerst müssen wir aus der Siedlung hinauskommen, dazu helfen dir die Tunika und die Lacerna. Dann bringe ich dich auf einem

Schleichpfad zum Limes. Den Pfad kenne ich von einem Kelten, der Schmuggel im Kleinen betreibt. Am Ende kriechst du durch einen Tunnel und bist bei deinen Leuten.«

Die Legionäre schnarchten.

Fritho sah wie ein Römer aus. Die Enden seiner langen alemannischen Beinkleider schob ihm Cornelia nach oben, bis sie von Tunika und Mantel bedeckt wurden.

»Sag nichts, wenn dich jemand anredet«, warnte sie, »und halt dich dicht hinter mir.«

Fritho nickte.

Sie huschten ins Freie.

Draußen waren nur noch ganz wenige Leute und kein einziger Legionär ließ sich sehen. Niemand beachtete Cornelia und den römischen Jungen.

Sie erreichten den Auwald am Bach. »Jetzt sind wir einigermaßen sicher«, sagte Cornelia.

Im Schutze von Bäumen und Sträuchern liefen sie in Richtung des Limes. Trotz seiner Behinderung bewegte sich Fritho geschickt.

Kastell und Siedlung blieben zurück.

Fritho drängte auf eine Erklärung und Cornelia erzählte, was sie für ihn getan hatte. Sie berichtete ohne jede Übertreibung.

In der Amphore, aus der die Legionäre getrunken hatten, war tatsächlich kostbarer Wein vom Hang des Vesuvius gewesen; nur war dieser Wein mit einem rasch wirkenden Betäubungsmittel versetzt. Der Präfekt Tuditanus hatte die Amphore mit dem betäubenden Zusatz seinem vertrauten Decurio Arivinus geschenkt. »Verwende das Zeug nur dann, wenn es um Leben und Tod geht«, hatte er gewarnt. »Dann flieh, so schnell du kannst, denn nach knapp einer Stunde weicht die Betäubung.«

Arivinus hatte Cornelia davon erzählt und sie hatte sich heute daran erinnert. »Ich bin froh, dass die Legionäre getrunken hatten, bevor ich aus dem Keller zurückkam«, sagte sie. »Wenn sie noch bei Sinnen gewesen wären, hätte ich dir aus der kleinen Amphore einschenken und du, Fritho, hättest zwei Becher trinken müssen. In der kleinen Amphore ist Apfelessig, nicht allzu sauer, aber unangenehm. Ich hätte ihn dir nicht ersparen können, wenn die Wächter keinen Verdacht schöpfen sollten.«

»Warum?«, flüsterte Fritho. »Warum hast du . . .«

»Pssst!«, warnte Cornelia.

Sie hatten eine Hügelkuppe erreicht. Halbhohes Gesträuch zog sich nordwärts. In einiger Entfernung stieß ein Turm in den Himmel, dahinter stieg Rauch empor.

»Der Limes«, sagte Cornelia. »Die Sicht täuscht, er ist noch ziemlich weit entfernt.« Sie wies geradeaus. »Wir müssen den Büschen folgen.«

Da hörten die Horn- und Trompetenstöße auf.

»Unsere Truppen haben die Mauer erreicht«, sagte Cornelia. »Los, Fritho, wir müssen uns beeilen.«

»Warum tust du das für mich?«, fragte er.

»Sie sollen dich nicht ans Kreuz schlagen«, antwortete sie leise.
Jetzt sahen sie, dass *mehrere* Rauchsäulen hinter dem Limes aufstiegen; einige nahe, andere weiter und weit entfernt. Es war dunkler Rauch, In der Höhe zerfloss er zu bizarren Gebilden.
Fritho deutete auf ein solches Rauchbild. »Sieht wie Odins Rappe aus«, murmelte er, »die beiden kleineren Wolken daneben wie Hugin und Munin, Odins Raben. Das bedeutet einen großen Krieg.« Er sah Cornelia lange an.
Sie schob ihn weiter. Er sollte nicht sehen, dass ihr die Röte ins Gesicht stieg. »Wir dürfen keine Zeit verlieren!«, drängte sie.
Und sie liefen.

Zwei Helden

Entweder hatte der Giftmischer, der das betäubende Pulver in den Vesuviuswein geschüttet hatte, maßlos übertrieben – oder die Wirkung hatte mit der Zeit nachgelassen – oder die Legionäre im Hause des Arivinus hatten die Natur alemannischer Wildschweine.

Es dauerte eine knappe halbe Stunde, bis sie zu stöhnen begannen und sich aufzurichten versuchten. Dann knallten sie noch einmal auf die Tischplatte – dann wurde es langsam hell in ihren Köpfen – dann fuhren sie in die Höhe und knurrten gemeinsam: »Mars und Scheiße!«

Das war keine Götterlästerung, sondern ein Kraftwort, das Legionäre immer dann hervorstießen, wenn sie »Mist gebaut« hatten.

Die zwei Fluchenden hatten *fürchterlichen* Mist gebaut.

Der Gefangene und die Tochter des Decurio waren verschwunden! Die Amphore, die den verwünschten Vesuvius enthalten hatte, lag zerbrochen auf dem Fußboden.

»Himmeljupitercäsarauerochswildschweindonnerwetterdecius!«, schimpfte der Mischmasch-Erfinder.

Sein Kamerad sah ihn bewundernd an. »Schöner hätte ich es auch nicht ausdrücken können«, lobte er. »Dabei war mein Vater ein griechischer Dichter, der als Lehrer in Rom höchstes Ansehen genoss.«

»Blödmann!«, knurrte der Genießer. »Wenn dir nichts

Besseres einfällt, marschieren wir morgen in die Steinbrüche und sind nach spätestens drei Jahren krepiert.«
»Himmelwildschweindecius«, murmelte der Dichtersohn und kratzte sich am Kopf.
Sie überlegten angestrengt, dann hob der Grieche den Zeigefinger und verkündete: »Ja, so könnte es gehen.«
»Spuck's aus!«, drängte der Kumpel.
Der Sohn des Dichters erklärte: »Wenn wir nicht wegen Besäufnis auf Wache verurteilt werden wollen, müssen wir Helden sein, die einer feindlichen Übermacht erst nach tapferem Kampf unterlegen sind. Leuchtet dir das ein?«
Der andere nickte. »Es leuchtet, Kamerad, aber es stimmt nicht.«
»Bist du wieder mal schwer von Begriff!«, seufzte der Dichterspross. »Wir müssen so tun, als ob; auch wenn's ein bisschen pikt. Pass auf: Wir haben in vielen Kämpfen Schrammen abgekriegt und sind nicht zimperlich. Jetzt schlagen wir hier alles zusammen, dann bringen wir einander ein paar tüchtige Kratzer bei; nicht lebensgefährlich, aber es muss Blut fließen.«
Jetzt verstand der andere. »Toll!«, rief er. »Unsere Waffen hat der Alemanne nicht mitgenommen. Also hauen wir zu!«
Der Dichtersohn schmunzelte. »Wir sind der alemannischen Horde, die uns überfallen hat, nach tapferem Kampf unterlegen und konnten leider nicht verhindern, dass der Gefangene befreit und die Tochter des Decurio als Geisel verschleppt wurde.«

»So ist es«, sagte der andere fröhlich.
Sie zogen die Schwerter und schlugen Geschirr und Möbel zusammen. Dann fügten sie einander klaffende Wunden im Gesicht, am Hals, an Armen und Beinen zu. Die Verletzungen brannten barbarisch, aber die beiden verzogen keine Miene. Besser hier bluten als im Steinbruch umkommen, dachten sie. Wenn hinterher Narben blieben, konnte man später damit angeben und behaupten, sie in mörderischer Schlacht davongetragen zu haben.
Zum Schluss droschen sie noch Dellen in ihre Helme, setzten die zerbeulten Deckel auf und nickten zufrieden.
Der Genießer warf wehmütige Blicke auf die Scherben und die Lache zu seinen Füßen und seufzte: »Schade um den Met.«
»Schade«, murmelte der andere.
Sie hakten sich unter und verließen die Stätte der Verwüstung. Draußen begannen sie zu wanken und zu stöhnen.
Mitleidige Helfer nahmen sich ihrer an. Eine Frau brachte Leinwand zum Verbinden der schlimmsten Wunden. Stockend erzählten die Legionäre vom Überfall und ihrer todesmutigen Gegenwehr.
Niemand zweifelte daran, obwohl keiner einen Haufen bewaffneter Alemannen gesehen hatte. Das Blut der Tapferen war Beweis genug.
Wie ein Lauffeuer sprach sich in der Siedlung herum, dass eine Alemannenhorde in das Haus des Arivinus

eingedrungen, den Gefangenen befreit und Cornelia als Geisel verschleppt hätte. Je weiter sich das Gerücht verbreitete, desto größer wurde der feindliche Haufe, desto wilder hatte der Kampf getobt.

Als die tapferen Verwundeten zum Kastell kamen, folgte ihnen eine Schar aufgeregter Männer, Frauen und Kinder.

Dann kam alles anders, als es die Schwindler erhofft hatten. Die Posten führten sie vor den Offiziersanwärter Publius Appius Pulcher, der den Kommandanten und dessen Stellvertreter vertrat.

Der schöne Publius hörte ihren Bericht und sein Gesicht wurde immer finsterer. Dann schrie er los: »Was sagt ihr da, ihr Hundesöhne?! Den Gefangenen habt ihr entkommen lassen?! *Meinen Gefangenen?!!*«

»Die – die Alemannen waren uns – weit überlegen«, stotterte der Dichtersohn.

»Dann hättet ihr euch in Stücke hauen lassen müssen, ihr Schwächlinge!«, donnerte der schöne Publius. »Ein Feigling, wer sich bewusstlos schlagen lässt, statt bis zum Heldentod zu kämpfen!« Er schnaufte empört, dann dämpfte er die Stimme und fuhr gefährlich ruhig fort: »Bis morgen Abend bringt ihr mir meinen Gefangenen zurück, verstanden?«

»Wir sind verwundet!«, riefen die beiden.

»Lasst euch anständig verbinden«, sagte Publius ungerührt. »Wer noch so auf den Beinen steht wie ihr, der kann auch reiten. Nehmt die schnellsten Pferde, die ihr noch im Lager findet. Bis morgen Abend seid ihr mit dem Gefangenen zurück oder ihr krepiert in den Steinbrüchen! Ab mit euch!«

Wie verprügelte Köter schlichen die Helden davon.

Der Helfer des Arztes verband ihre Verletzungen kunstgerecht und meinte: »Nur Kratzer, auch wenn sie ein bisschen tief gehen. Nichts Ernsthaftes dabei; reicht nicht mal für zwei Tage krankmachen.«

Auf dem Weg zum Stall brummte der Genießer: »Verdammt noch mal, mit dem Wein muss was los gewesen sein! Ich werde doch sonst nicht so schnell besoffen!«

»Glaubst du, dass das Mädchen dem alemannischen Bengel geholfen hat?«, fragte der Kumpan.

Der Genießer schüttelte den Kopf. »Die Tochter des Decurio? – Ausgeschlossen. So was gibt's nicht.«

»Jedenfalls müssen wir die zwei zurückbringen«, brummte der Dichtersohn.

»Nur den Jungen«, verbesserte der Genießer. »Von Cornelia hat der Affe Publius nichts gesagt.«

»Richtig«, gab der andere zu. »Warum bloß nicht?«

Sein Kamerad zuckte die Achseln. »Vielleicht kann er das Mädchen nicht leiden; aber das geht uns nichts an. Hast du eine Ahnung, wo wir suchen müssen?«

»Bei den Alemannen«, murmelte der Dichtersprössling. »Dort wird's verdammt mulmig für uns.«

Der Genießer seufzte. »Sklave bei den Barbaren ist genauso schlimm wie schuften im Steinbruch.«

»Wem sagst du das!«, seufzte der Kumpel.

Als sie im Stall die besten Pferde aussuchten, zwinkerten sie einander zu. Und der eine wusste, was der andere dachte.

Kurze Zeit später ritten sie durchs Lagertor. In zwei Bündeln nahmen sie ihr persönliches Eigentum mit, etwas gespartes Geld und Reiseverpflegung. Es war nicht viel, die Bündel wogen leicht.

»Macht's gut!«, riefen die Posten am Tor.

Die Reiter winkten und trieben die Pferde an. Die Tiere fielen in Trab, dann in Galopp.

Im Lager und in der Siedlung sah man »die Helden« nie wieder.

»Entweder sind sie drüben erschlagen oder gefangen genommen worden«, meinte der schöne Publius am nächsten Abend. Das dachten auch die Kameraden der Verschwundenen.

Gesucht wurden die beiden nicht. Wozu auch? In diesen unruhigen Zeiten verschwanden viele Leute ...

Monate später behauptete ein keltischer Händler aus der Siedlung, er hätte einen der Verschwundenen gesehen und wieder erkannt, obwohl dieser keine Uniform mehr trug. Im Bergland bei Verona sei es gewesen. Da sei er, der Händler, von einer Räuberbande überfallen und ausgeplündert worden. Einen der Räuber habe er als verschwundenen Legionär erkannt, darauf schwöre er jeden Eid.

Niemand glaubte ihm. Bei dem Überfall hatte der Arme

einen Hieb auf den Kopf bekommen und sein Gehirn war nicht mehr ganz in Ordnung. Seither sehe er öfter Gestalten, wo keine wären, hatte seine Frau ihrer besten Freundin anvertraut. Er höre Geräusche, wo alles still sei.

Die Freundin erzählte es weiter und die Leute in der Siedlung waren überzeugt, dass der Verprügelte einen Dachschaden abbekommen hatte.

Der Räuberlegionär von Verona war ganz bestimmt so eine Einbildung gewesen . . .

Rauchzeichen

Das letzte Stück bis zum »Schmugglerdurchlass« im Limes mussten Cornelia und Fritho gebückt oder kriechend zurücklegen. Am schwierigsten wurde es, die Straße zu überqueren, die auf rätischem Gebiet an der Mauer entlanglief. Sie schafften es im Sprung.

Diesseits und jenseits des Limes hielten Reiter aus dem Hauptlager und den Vorkastellen. Sie hielten die Lanzen kampfbereit und spähten zum alemannischen Waldrand hinüber.

Besonders scharf beobachteten die Reiter jenseits des Limes, denn *sie* schützte die Mauer nicht. In vorderster Linie ritten der Präfekt Tuditanus und sein Stellvertreter Glabrio die Front ab.

Der Wind war eingeschlafen. Kerzengerade stiegen die Rauchsäulen aus dem alemannischen Wald in die Höhe.

Cornelia zog Fritho in eine Bodensenke, die zuerst nach rechts, dann nach links umknickte und gegen das Ende zu von Gestrüpp völlig überwuchert war. Hier waren keine Reiter postiert. Die nächsten hielten in größerer Entfernung.

In dem natürlichen Tunnel, der Cornelia und Fritho nun völlig verbarg, wucherte Unkraut. Brennnesseln und Dornen brannten und stachen in Hände und Gesicht.

Felsgestein schloss die Senke ab.

»Wohin jetzt?«, fragte Fritho.

Cornelia griff zur Seite, hob eine flache Steinplatte auf und lehnte sie gegen den Fels. Dunkel gähnte ein enger Durchlass.

»Der Schmugglertunnel, der die Limesmauer unterquert«, erklärte Cornelia. »Drüben kommst du in dichtem Gestrüpp nach oben. Lass dich vor den Reitern nicht sehen und gib mir jetzt Mantel und Tunika meines Vaters zurück. Drüben würden sie dir schaden.«

Fritho beeilte sich und fühlte sich in seinen gewohnten Kleidern, die er unter den römischen getragen hatte, hörbar wohler.

Cornelia machte ein magisches Zeichen über ihn und murmelte etwas von einem Christus.

Fritho zögerte.

»Mach schnell!«, drängte Cornelia.

Fritho ergriff ihre Hand. »Ich muss dir noch etwas sagen«, flüsterte er.

Cornelia fühlte, wie ihr die Röte in Hals und Gesicht stieg. Obwohl das Blätterdach verräterische Sonnenstrahlen abhielt, senkte sie den Kopf. »Ja?«, fragte sie leise.

»Der Rauch in unserem Wald ist noch keine Gefahr für euch«, sagte Fritho. »Ich kenne das von daheim her. Die Rauchsäulen sind nur Zeichen. Gefährlich wird es erst, wenn *kein* Feuer mehr brennt.«

»Das verstehe ich nicht«, murmelte Cornelia. Sie hatte andere Worte erwartet und war enttäuscht.

Fritho erklärte hastig. Je länger er sprach, desto mehr

schwand die Enttäuschung, desto aufmerksamer hörte Cornelia zu . . .

Da, wo Fritho vor der Unwetterkatastrophe daheim gewesen war, wohnten Sippen und Stämme oft weit auseinander; die einen am Fluss, andere im dicht bewaldeten Hügelland. Wenn es nötig wurde, viele Männer rasch zusammenzurufen, schickte der ranghöchste Graf keine Boten durch wildes Land, sondern rief mit Rauchzeichen, die schneller waren als die schnellsten Reiter.

Auf beherrschenden Hügeln wurden mächtige Holzstöße entzündet. Sobald die Flammen aufloderten, warfen die Männer grüne Aste ins Feuer, sodass dichter Rauch in den Himmel stieg. Andere Sippen nahmen die Signale auf und gaben sie weiter. Für wen die Zeichen bestimmt waren und wozu sie riefen, ergab sich aus den Abständen, in denen abwechselnd dichter und dünner Rauch aufstieg. Das erreichten die Männer, indem sie dick belaubte Äste in den Qualm hielten und wegzogen.

»Die Zeichen vor uns«, sagte Fritho, »schickt Graf Gero, mein Vater. Er ruft alle Alemannen zum Limes. Seine Zeichen sollen nach Norden, Osten und Westen weitergegeben werden. Er verspricht jeder Sippe fruchtbares Land und große Höfe hinter der römischen Mauer, fruchtbarer und größer, als ein Alemanne sie sich vorstellen kann.«

»Dann will euer Volk in Rätien einbrechen?«, stieß Cornelia hervor.

»Nicht so laut«, warnte Fritho.
Erschrocken hielt Cornelia die Hand auf den Mund.
Fritho sprach weiter: »Mein Vater will den Krieg, weil wir heimatlos geworden sind und weil man bei uns daheim vom römisch-keltischen Land wie von einem Götterhimmel geschwärmt hat. Aber es werden nicht alle den Zeichen folgen.«
»Wann?«, fragte Cornelia mühsam.
Fritho zuckte die Achseln. »Das weiß ich nicht. Jetzt besteht keine Gefahr. Mein Vater wird die Rauchzeichen noch an vielen Tagen wiederholen lassen; je nachdem, ob die Sippen rasch oder langsam zum Limes wandern. Es kann Monate dauern, vielleicht sogar Jahre, wenn strenge Winter hereinbrechen. Sobald alle eingetroffen sind, vergeht weitere Zeit mit Beratungen. Unsere Grafen streiten gern, wenn sie den Hauptanführer für den großen Angriff wählen.«
»Ist das nicht schon dein Vater?«, wandte Cornelia ein.
»Nein«, sagte Fritho. »Er ruft nur zum Kommen auf, weil er an vorderster Front steht. Es ist möglich, dass er gewählt wird; es kann genauso gut ein anderer sein.«
Cornelia fröstelte trotz der Wärme.
»Geh nach Hause und sag denen, die du lieb hast, Bescheid«, fuhr Fritho fort. »Bereitet eure Verteidigung, am besten jedoch eure Flucht vor. Ihr braucht euch nicht zu beeilen. Sobald die Zeit gekommen ist, werde ich dich warnen. Ich weiß noch nicht, wie, aber wenn es so weit ist, wirst du mich verstehen. Leb wohl.«

»Warum tust du das für mich?«, fragte Cornelia und ihre Stimme zitterte deutlich.
»Ich bin dir ein Leben schuldig«, antwortete Fritho. Dann zwängte er sich in den Tunnel und verschwand.
Eine Zeit lang starrte Cornelia ihm nach. Dann fuhr sie sich mit der Hand über die Augen, verschloss den Tunnelzugang mit der Steinplatte, strich Erde darüber und bog ein paar Zweige nieder. Jetzt war der Einstieg kaum mehr zu erkennen.
Cornelia rollte Mantel und Tunika zusammen, klemmte das Bündel unter den Arm – und duckte sich. Der Boden zitterte unter Huftritten. Sie kamen heran und brachen in unmittelbarer Nähe ab.
Cornelia hielt den Atem an. Ein Pferd wieherte nahe bei ihr. Dann hörte sie Stimmen.
Tuditanus und Glabrio, der Präfekt und sein Stellvertreter. Sie sprachen gedämpft, doch Cornelia verstand jedes Wort.
»Da ist die einzige Stelle, wo wir uns unterhalten können, ohne dass neugierige Legionäre die Ohren aufsperren und mithören, was sie nicht zu hören brauchen«, brummte der Präfekt. Er redete mit tiefer, heiserer Stimme; wie ein Zecher, dem Weindunst im Kopf herumgeht.
»Ich höre«, sagte Glabrio, der Stellvertreter. Er redete normal.
»Mir gefällt die Geschichte dort drüben nicht«, fuhr Tuditanus fort. »Der verdammte Rauch und dass sich kein Alemanne blicken lässt, kommen mir sonderbar vor.«

»Mir auch«, sagte Glabrio. »Wenn du *mich* fragst, Präfekt, dann gibt es für uns nur zwei Möglichkeiten.«

»Welche?«, erkundigte sich Tuditanus.

»Entweder schicken wir drei oder vier kampfkräftige Spähtrupps hinüber«, schlug Glabrio vor, »oder wir greifen mit allen unseren Reitern an. Wir sind genug Männer, um den Spaßmachern zu zeigen, dass wir uns nicht veralbern lassen!«

Tuditanus lehnte ab. »Nein, Centurio – weder Spähen noch Angriff.«

»Warum nicht, Präfekt?«, wollte Glabrio wissen. Er war eingeschnappt.

»Aus drei verschiedenen Gründen«, erklärte der Hammerschädel. »Erstens könnte es sich dort drüben um ganz gewöhnliche Rodungen handeln. Die Alemannen brennen öfter Waldstücke nieder, um neue Höfe und Felder anzulegen.«

»Aber doch nicht an so vielen Stellen«, warf Glabrio ein.

»Es könnten mehrere Sippen zugezogen sein«, gab Tuditanus zu bedenken. »Da müssen sie eine Menge Feuerchen anzünden.«

Der Stellvertreter bezweifelte es mit einem lang gezogenen »Hmmmmm . . .«.

»Zweitens«, fuhr Tuditanus fort, »könnten sie es darauf abgesehen haben, uns zum Angriff zu reizen und in eine ganz gemeine Falle zu locken. Was dann, wenn wir lospreschen und auf doppelte oder dreifache Übermacht stoßen, wo diese Kerle uns im Waldkampf sowieso über-

legen sind? Wer sagt dir, Glabrio, dass nicht irgendein blutrünstiger Anführer eine Menge Krieger an unseren Abschnitt gebracht hat?« Der Hammerschädel lachte. »Da wären deine kampfkräftigen Spähtrupps für die dort drüben ein Happen zum einmal Zubeißen.«
»Drittens?«, brummte Glabrio.
»Drittens«, sagte der Hammerschädel, »besteht für uns überhaupt kein Grund zum Losschlagen. Sie greifen uns ja auch nicht an.«
»Was befiehlst du dann, Präfekt?«, fragte der knapp.
»Beleidigt?«, spottete der Hammerschädel.
»Was befiehlst du?«, wiederholte Glabrio.
»Es könnte trotz meiner Gründe möglich sein, dass sie uns am späten Abend oder in der Nacht überrumpeln möchten«, meinte Tuditanus. »Ich glaube es zwar nicht, aber ich möchte keinen Fehler machen. Deshalb werden wir bis zum Morgen hier bleiben.«
»Alle?«, fragte Glabrio.
»Alle«, bestimmte der Präfekt. »Wenn sich bis morgen nichts gerührt hat, ziehe ich drei Viertel der Mannschaft ab und lasse ein Viertel als Wachverstärkung am Limes.«
»Die Männer haben keine Verpflegung mitgenommen«, wandte Glabrio ein.
»Schick zwanzig Reiter um kaltes Essen ins Lager«, ordnete Tuditanus an.
»Zu Befehl, Präfekt«, brummte der Centurio.
Der Boden dröhnte unter Huftritten, die sich diesmal entfernten . . .

Cornelia atmete tief, presste das Bündel an sich und kroch zurück. Sie hatte Glück, es gab keine Überraschung auf dem Rückweg. Von weitem sah sie Leute, die aus Neugierde zum Limes gelaufen waren und jetzt nach Hause gingen, weil an der Mauer nichts los war. Auch in der Siedlung ging alles gut. Cornelia schwindelte sich an Gruppen vorbei, die die Köpfe zusammensteckten und aufgeregt mit Mund und Händen redeten. Einmal verstand sie die Worte »göttliche Nase« und »Strafgericht der Himmlischen«.

Aufatmend huschte sie ins Haus ihres Vaters, zuckte erschrocken und erfreut zugleich zusammen, ließ das Bündel fallen und presste die Hand auf den Mund, um nicht zu schreien. Der Schreck galt dem verwüsteten Atrium, die Freude den Männern, die Ordnung zu machen versuchten. Es waren – Vater Arivinus und Nero, der Sklave.

Zeig mir den Weg, Bruder

Gut, dass du da bist«, sagte Arivinus zu Cornelia.
»Wir sind eben erst zurückgekommen«, sagte Nero.
»Gut, dass ihr da seid«, sagte Cornelia. »Ich helfe euch beim Aufräumen.«
Arivinus und Nero nickten und Cornelia griff mit zu. Übertriebene Wiedersehensfreude zu zeigen war nicht Brauch im Hause des Decurio. Die Worte »Gut, dass du da bist« bedeuteten hier mehr als theatralische Umarmungen, wie sie bei vornehmen Römern üblich waren.
Während der Arbeit erzählte Cornelia von Fritho: von seiner Gefangennahme durch den schönen Publius, wie dieser und der alemannische Junge sie dargestellt hatten; vom Verhör, das Frithos Leben beleuchtete; vom Kreuzestod, der dem Gefangenen drohte; vom betäubenden Wein; von der Flucht und was Fritho über die Bedeutung der Rauchzeichen gesagt hatte; von Frithos Versprechen und vom Gespräch des Präfekten mit seinem Stellvertreter.
Arivinus und Nero errieten leicht, was hier im Hause geschehen war.
»Die Legionäre, die Fritho bewachen sollten, täuschten einen Kampf vor, um schwerer Strafe zu entgehen«, sagte der Decurio.
Nero nickte. »Das denke ich auch. Die zwei Schlitzohren

haben hier alles kurz und klein geschlagen – ganz ohne Feind.«

»Sie tun mir Leid«, meinte Arivinus. »Ich möchte nicht schuld an ihrem Elend sein.«

»Aber Vater!«, rief Cornelia. »Hätte ich zulassen sollen, dass Fritho gekreuzigt wird? Seitdem er hinkt, hat er nicht einmal zu Hause Gutes erfahren. Soll ein römisches Kreuz das Ende sein?«

»Aber nein«, sagte Arivinus. »Du hast Recht getan. ›Selig sind die Barmherzigen‹, lehrt unser Herr.«

»Es ist nicht nur Barmherzigkeit, Vater«, gestand Cornelia. »Fritho hat ein gutes Gesicht und sein Hinken stört mich überhaupt nicht.«

»Schon gut«, sagte der Vater.

»Und wo warst *du?*«, erkundigte sich Cornelia.

»Bei einem Bruder, den der Herr gerufen hatte«, antwortete Arivinus. »Der Bruder bat mich ihm den Weg zu zeigen. Der Bote, der mir seine Bitte überbrachte, redete von großer Eile. Da blieb mir keine Zeit, dir Bescheid zu sagen. «

Cornelia verstand. Ein Bruder, den der Herr gerufen hatte, war ein Christ auf dem Sterbebett. Ihm den Weg zeigen bedeutete mit ihm zu beten; vor allem dann, wenn die anderen im Hause falsche Götter verehrten.

Den blutigen Mars zum Beispiel.

Oder Kaiser Decius, der sich anmaßte ein Gott zu sein; der Opfer vor seinem Abbild forderte und alle verderben ließ, die es verweigerten.

»War es der ägyptische Sklave des dicken Tullius?«, fragte Cornelia.
»Er war es«, bestätigte Arivinus, »und er brauchte lange, bevor er sein Amen zum Willen des Herrn sprach.«
Arivinus erzählte der Reihe nach.
Er hatte das Verladen des Kommandantengepäcks beaufsichtigt und dafür gesorgt, dass alles platzsparend verstaut wurde. Tullia Severa war mit ihm zufrieden gewesen. »Sie sind ein brauchbarer Mensch, Arivinus«, hatte sie gesagt. Das war das höchste Lob, das sie einem Decurio spenden konnte. Dann hatte es ausgesehen, als ob sie ihm ein Silberstück in die Hand drücken wollte; doch sie überlegte sich's und steckte es wieder ein.
Arivinus wollte nach Hause gehen, da zupfte ihn ein Sklave des Gutsbesitzers Tullius am Ärmel. Der dicke Tullius bewirtschaftete den größten Hof in der Nähe des Römerlagers. Er glaubte an den göttlichen Decius, weil das befohlen war, und sonst an gar nichts. Das sagte er selbst. Seine Sklaven waren mit ihm zufrieden, denn er schikanierte sie nicht, wenn sie ihre Arbeit ordentlich erledigten.
Ausgerechnet heute hatte es seinen zuverlässigsten Sklaven erwischen müssen: den bärenstarken Ursus, der aus irgendwelchen Urwäldern gekommen und trotzdem sanft wie ein Lämmchen war. Das erste Alarmsignal vom Limes her war schuld gewesen.
Zum Empfang des neuen Kommandanten hätte Ursus

schmückendes Laub über dem Tor des Gutshofes anbringen sollen. Der erste Hornstoß erschreckte ihn so, dass er das Gleichgewicht verlor, von der Leiter fiel und röchelnd liegen blieb.

Da bat er Tullius, der erschrocken herbeigeeilt war: »Lass den Decurio Arivinus holen. Lass ihm sagen, dass der Herr mich gerufen hat. Und dass er sehr schnell ruft. Lass dem Decurio sagen, dass er mir den Weg zeigen soll – weil mir in diesem Hause kein anderer den Weg zeigen kann. – Bitte . . .«

Arivinus war das Haupt der kleinen Christengemeinde. Im Lager und in der Siedlung gab es keinen Priester des Herrn, seitdem der letzte von Schnüfflern des Decius entdeckt, gefangen genommen und nach Verona gebracht worden war. In der Arena hatten ihn ausgehungerte Wölfe zum Vergnügen des Publikums zerrissen.

Die Christen am Limes verehrten ihn als Märtyrer und wählten Arivinus zum Oberhaupt ihrer Gemeinde. Sie nannten einander »Brüder« und »Schwestern«.

Der sterbende Bruder hatte den Bruder Arivinus gerufen.

»Er starb sehr lange«, erzählte dieser. »Ich betete mit ihm und zeigte ihm den Weg. Das ist meine Aufgabe, bis der Bischof von Rom uns einen neuen Priester schickt.«

»Und der dicke Tullius hatte nichts dagegen, dass du mit seinem Sklaven gebetet hast?«, fragte Cornelia.

»Nein«, sagte Arivinus. »Welche Götter von seinen Leu-

ten verehrt werden, ist ihm gleich. Hauptsache, die Sklaven arbeiten tüchtig. Ursus war sein bester Mann, da gönnte er ihm meinen Beistand.«
Arivinus zuckte die Achseln. »Hätte ich Ursus verlassen sollen, als Hörner und Trompeten vom Feuer am Limes bliesen? Das Sterben des Bruders war mir näher als der Alarm.«
Ursus starb, als Trompeten und Hörner längst verstummt waren. Bruder Arivinus drückte ihm die Augen zu und segnete ihn mit dem Zeichen des Herrn. Dann eilte er nach Hause.
Unterwegs traf er Nero, der ihn suchte. Von ihm erfuhr er, dass in seinem Hause ein alemannischer Gefangener verhört werde und Cornelia übersetzte.
Daheim war alles verwüstet. Arivinus und Nero riefen nach Cornelia und durchsuchten das ganze Haus.
Da kam sie zurück . . .
Jetzt räumten sie zusammen auf. Während der Arbeit berieten sie.
Wie sollte Cornelia ihr Verschwinden und ihre Rückkehr erklären?
Nero fand eine Möglichkeit: Cornelia sollte sich in den nächsten Tagen stumm stellen und auf Fragen keine Antwort geben. Wenn sie später die Sprache wieder fand, würden ein paar Kaiserverehrer vielleicht ein Wunder des Decius daraus machen und wegen des Verschwindens und der Rückkehr nicht weiterfragen.
Arivinus und Cornelia begriffen nicht, was er meinte.

Er erklärte es ihnen.
»Es wäre Lüge«, sagte der Decurio.
»Du, Bruder, darfst dein eigenes Leben opfern«, erwiderte der Sklave, »aber du hast kein Recht, über das Leben deines Kindes zu bestimmen. Märtyrer, Arivinus, sind Helden für die Lebendigen. Die Zeit, in der sie für ihren Glauben sterben, ist ihnen eine Ewigkeit der Qual. Ich habe Brüder und Schwestern zum Vergnügen einer entmenschten Masse sterben sehen – am Kreuz und in der Arena. Manche schrien, dass es mir durch Mark und Bein drang.«
»Hör auf!«, rief Cornelia. »Ich werde stumm sein, solange es nötig ist.«
Arivinus sprach nicht weiter dagegen . . .
In der Siedlung wuchs neue Aufregung.
Die Alarmsignale waren zwar verstummt, aber die Rauchsäulen jenseits des Limes qualmten immer stärker!
»Es ist die Rache des göttlichen Decius«, behauptete ein ausgedienter Legionär, dem ein Beamter im Namen des Kaisers ein kleines Landgut geschenkt hatte. Zeit seines Lebens war der ehemalige Soldat ein armer Teufel gewesen. Wer wollte es ihm verdenken, dass er seinen kaiserlichen Wohltäter nun als leibhaftigen Gott verehrte?
Da gab es jedoch Leute, die den göttlichen Decius als ganz gewöhnlichen Menschen bezeichneten! Die sich sogar vom Kaiseropfer wegschwindelten!

»Dafür rächt sich jetzt der göttliche Kaiser«, erklärte der Ausgediente allen, die ihm zuhörten. »Er rächt sich mit Feuer und Rauch am Limes! Weil es ihm reicht! Weil er schlimmer beleidigt wurde, als je ein Gott beleidigt worden ist!«

Wann, fuhr er mit erhobener Stimme fort, wäre je die Nase eines Gottes verbogen und von einem ganz gewöhnlichen Silberschmied gerade geklopft worden? Mit einem *eisernen* statt mit einem vergoldeten Hammer?!

Musste da der göttliche Decius nicht eingeschnappt sein?

Der Ausgediente hatte von einem Freund erfahren, was im Fahnenheiligtum geschehen war. Dieser Freund war derselbe Legionär, der die Deciusbüste vom Sockel gestoßen und auf Befehl des Arivinus zum Silberschmied gebracht hatte, damit dieser die verbogene Nase gerade klopfte.

Mit einem Eisenhammer!

Wo Decius ein Gott und seine Nase vergoldet war!

Die Leute steckten die Köpfe zusammen und tuschelten von schauderhaftem Spuk: von Dämonen, die aus dem Rauch hinter dem Limes herübergrinsten; von bösen Geistern, die den gefangenen Alemannen befreit, die Tochter des Decurio mit Haut und Haar verschlungen und den Arivinus barbarisch erwürgt hätten.

Die Neugierigen vor dem Hause des Decurio schrien auf, als Arivinus auf die Gasse trat.

Lebendig!
Oh Decius, oh Jupiter, oh sonst wer!
Jenseits des Limes stieg weiterhin Rauch auf . . .

Die Stumme

Arivinus ging ins Kastell und meldete sich bei dem Offiziersanwärter Publius Appius Pulcher zurück.
Der schöne Publius, der sich in seiner Kommandantenrolle unheimlich wichtig fühlte, fuhr den Decurio an: »Ich hoffe, dass du für dein Wegbleiben eine glaubhafte Entschuldigung hast!« Er räkelte sich im Klappstuhl des Tuditanus, stützte das Kinn auf die Faust und musterte Arivinus grimmig.
Die beiden Legionäre neben ihm verzogen keine Miene. Sie standen breitbeinig, am linken Arm den Schild, in der rechten Faust die Lanze, deren Schaft aus dem farbigen Mosaikfußboden herauszuwachsen schien.
Der Decurio wich dem Blick des Offiziersanwärters nicht aus. »Du kannst dich von der Wahrheit meiner Worte überzeugen, Publius«, sagte er ruhig. »Der Gutsherr Tullius . . .«
Publius unterbrach ihn: »Ich kenne den Dicken, du brauchst ihn mir nicht zu beschreiben. Komm zur Sache!«
Arivinus nickte. »Tullius ließ mich rufen, weil einer seiner Sklaven . . .«
Wieder unterbrach ihn der Schöne. »Ich kann es mir denken, Tullius ließ dich holen, damit du zwischen ihm und seinem neuesten Sklaven den Dolmetscher machtest. Stimmt's?«

»Ich half dem Sklaven sich mit seinem Herrn zu verständigen«, antwortete Arivinus. »Es dauerte lange. Dann hatte ich kein Pferd, um im Galopp zurückzureiten.«
Publius verzog das Gesicht. Gar zu gerne hätte er den Decurio seine Kommandogewalt fühlen lassen. Aber wegen des dicken Tullius Streit beginnen? Das wäre für einen Offiziersanwärter unklug gewesen. Der Dicke war ein wichtiger Lebensmittellieferant für Lager und Siedlung und hatte beste Verbindungen zu hohen Offizieren in der Provinzhauptstadt.
»Na schön«, brummte Publius und etwas spöttisch setzte er hinzu: »Ich bedaure, dass deine Tochter entführt wurde. Ich kenne sie als zartfühlendes Mädchen.«
»Cornelia ist zu Hause«, sagte Arivinus.
Publius sprang so heftig auf, dass der Stuhl zu Boden polterte. »Was?«, rief er. »Was sagst du da?!«
»Cornelia ist zu Hause«, wiederholte der Decurio. »Ich bedanke mich trotzdem für dein Mitgefühl.«
»Lebendig?«, stieß Publius hervor.
»Lebendig«, bestätigte Arivinus.
»Dann gehe ich mit dir«, entschied der Offiziersanwärter und war schon wieder ganz Kommandant. »Sie wird mir erklären, wie sie den Alemannen entkommen ist!«
Arivinus zuckte die Achseln. »Sie wird dir *nichts* erklären.«
»Das werde ich feststellen«, sagte der schöne Publius streng. Er dachte daran, wie Cornelia diesen alemannischen Bengel angesehen, wie freundlich sie mit ihm ge-

redet hatte, und wurde den Verdacht nicht los, dass hier etwas faul war. Und wie deutlich hatte diese Cornelia ihm gezeigt, dass sie ihn nicht mochte: ihn, den Offiziersanwärter Publius Appius Pulcher, dem fast alle anderen Mädchen schöne Augen machten! Na, die sollte was erleben! »Gehen wir!«, befahl er dem Decurio.

»Befiehlst du, dass wir dich begleiten?«, fragte einer der Legionäre.

Publius winkte ab. »Nein, ich brauche keine Kindermädchen!« Er winkte Arivinus zu und sie verließen den Amtsraum des Kommandanten . . .

Im Hause des Arivinus saß Cornelia im notdürftig aufgeräumten Atrium, hielt die Hände im Schoß, die Augen halb geschlossen und sah nicht auf, als ihr Vater und der Offiziersanwärter eintraten.

Der Sklave Nero entfernte sich mit tiefer Verbeugung. Dabei blinzelte er Arivinus verstohlen zu.

Der schöne Publius grüßte.

Cornelia gab keine Antwort und bewegte sich nicht.

»He, du«, sagte Publius verärgert, »ich rede mit dir!«

Cornelia sah an ihm vorbei.

»Beim Jupiter!«, schimpfte Publius. »Ist sie stumm und taub zugleich geworden?!« Er fasste sie bei den Schultern und schüttelte sie. »Sag wenigstens muuh, verdammt noch mal!«

Cornelia redete keinen Ton.

»Quäl sie nicht, Publius«, bat der Decurio. »Ich sagte dir, dass sie nicht sprechen wird.«

»Wann ist sie gekommen?«, erkundigte sich der Offiziersanwärter.
»Kurz nach meiner Rückkehr«, antwortete Arivinus.
»Zu dir hat sie auch nichts gesagt?«, brummte Publius und winkte auch schon ab. »Entschuldige, ich nehme die Frage zurück. Eine Stumme ist selbstverständlich zu jedem stumm. Ich werde euch den Lagerarzt schicken.«
Arivinus lehnte dankend ab. »Nero wird sich um sie kümmern. Er versteht viel von der Heilkunde.«
»Wie du willst«, brummte Publius. »Gib mir Bescheid, sobald sie wieder ansprechbar ist.«
Arivinus versprach es.
Publius verabschiedete sich und ging. Armes Ding, dachte er und bedauerte das Mädchen, das die Götter so schwer geschlagen hatten. »Ich hätte dir zwar einen Denkzettel gegönnt«, murmelte er vor sich hin, »aber doch nicht *so* einen.«
Kurz darauf wussten viele, dass Cornelia stumm und teilnahmslos zurückgekehrt war. Der Sklave Nero hatte es Bekannten erzählt. Und wieder gab es Getuschel.
»Arivinus und seine Tochter beten einen Gekreuzigten an«, tuschelten einige. »Das lassen sich Jupiter, Mars und Decius nicht gefallen.«
Und es fand sich ein Verräter.
Ein Töpfergeselle lief zu Tullia Severa, der Gattin des Präfekten. Er verneigte sich tief, grüßte unterwürfig und erkundigte sich: »Stimmt es, Domina, dass jeder belohnt wird, der einen Staatsfeind anzeigt?«

Tullia Severa sah ihn durchdringend an, nickte und antwortete knapp: »Es stimmt.«
»Wie hoch ist die Belohnung, Domina?«, erkundigte sich der Töpfer.
»Zehn Silberstücke«, sagte die Dame.
Der Töpfer hob den Zeigefinger. »Richtige, echte Silbermünzen? Keine schlechten Geldstücke aus Weißkupfer, wie sie in den letzten Jahren ausgegeben und von Jahr zu Jahr weniger wert werden?«
»Was fällt dir ein!«, fuhr Tullia Severa ihn an. »Wenn ich Silber sage, dann *ist* es Silber! Und wenn du einen Staatsfeind aufgestöbert hast, dann melde ihn meinem Gatten, dem Präfekten Tuditanus!«
»Der edle Präfekt ist dienstlich am Limes«, wandte der Töpfer ein, »da darf ich ihn nicht stören.« Wieder verneigte er sich tief. »Deshalb bitte ich *dich*, Domina, meine Meldung entgegenzunehmen und sie dem Präfekten weiterzugeben. Die Belohnung nehme ich aber gern von *dir* an. Bei drei Staatsfeinden sind es dreißig Silberstücke, nicht wahr?«
»Wer sind die drei?«, fragte Tullia Severa.
»Der Decurio Arivinus, seine Tochter Cornelia und der Sklave Nero«, sagte der Töpfer.
Tullia Severa kniff die Augen zusammen. »Wieso sind sie Staatsfeinde?«
Der Verräter überhörte die Drohung und antwortete geldgierig: »Sie sind Christen, Domina. Und jeder Christ, sagt der göttliche Kaiser Decius . . .«

Das Weitere blieb ihm im Halse stecken. »Bei Jupiter und Vulcanus«, zischte ihn Tullia Severa an, »was bist du doch für ein Dreckskerl!« Dann schlug sie zu. Die Ohrfeige ließ den Töpfer taumeln, über einen Stein stolpern und rücklings zu Boden stürzen.

»Verschwinde!«, wetterte die Domina. »Am besten auch gleich aus der Siedlung! Wenn der Präfekt erfährt, dass du unseren tüchtigsten Mann denunziert hast, dann kannst du dich auf einiges gefasst machen!«

Der Verräter rappelte sich auf, vergaß den Gruß und rannte davon.

Die Domina spuckte ihm nach und schimpfte auf »die verrückte Welt, in der Menschen sterben müssen, weil sie angeblich den falschen Glauben haben«.

In einer Nische stand eine kleine Decius-Statue aus Gips. Tullia Severa tippte sie an und brummte: »Solange wir hier sind, nimmst du uns den Arivinus und seine Leute *nicht* weg, verstanden?!« Im Weitergehen murmelte sie etwas, das sich wie »eingebildeter Affe« anhörte . . .

Am späten Abend sah es im Hause des Decurio einigermaßen ordentlich aus. Nero hatte die zerschlagenen Möbel zusammengezimmert, so gut er konnte, Arivinus und Cornelia hatten die letzten Spuren der Zerstörungswut weggefegt. Zwei Öllampen auf Bronzeständern gaben mildes Licht.

Bei ihrem Vater und Nero brauchte Cornelia nicht die Stumme zu spielen. »Das war heute ein Tag«, seufzte sie.

»Der Herr hat ihn für uns zum Guten gewendet«, sagte Arivinus. »Wir wollen ihm danken.«
Sie wandten sich dem Fisch zu, hoben die Hände und redeten zu einem Vater im Himmel, dessen Name geheiligt werde und dessen Reich kommen solle ...

Unter vier Augen

Die Nacht am Limes war ruhig verlaufen.
Am Morgen kehrten der Präfekt und sein Stellvertreter mit dem größten Teil der Reiter ins Lager zurück. Die Verstärkung blieb unter dem Befehl eines Centurio hinter der Mauer auf rätischem Boden. Jeweils die Hälfte der Mannschaft sollte Wachdienst tun, die andere Hälfte ruhen. Wechsel alle vier Stunden. Nach zwei Tagen und Nächten wollte Tuditanus Ablösung aus dem Lager schicken.
Auf der alemannischen Seite stieg nur noch an wenigen Stellen Rauch auf. Er war heller als am Vortag und wurde nicht mehr unterbrochen. Die Alemannen sorgten anscheinend nur dafür, dass die Feuer nicht völlig verlöschten.
Im Kastell erwartete Tuditanus und Glabrio eine Überraschung. Der schöne Publius meldete den Überfall einer alemannischen Horde auf das Haus des Arivinus, die Befreiung des alemannischen Gefangenen, die Entführung der Tochter des Decurio, deren Rückkehr und dass die bedauernswerte Cornelia infolge des schweren Erlebnisses Sprache und Gefühl verloren habe.
»Was meinst du dazu?«, fragte Tuditanus seinen Stellvertreter.
Glabrio zuckte die Achseln. »Gefällt mir nicht, Präfekt.«
»Mir auch nicht«, sagte Tuditanus. »Auf ihrem Rückzug

hätten wir die Alemannen mit den Entführten sehen müssen. Wir waren die ganze Zeit über am Limes und unsere Leute kontrollierten einen weiten Abschnitt.«

»Das denke ich auch«, meinte Glabrio. »Ins Rätische hinein sind die Barbaren bestimmt nicht geflohen.«

»Wenn es sie gegeben hat«, murmelte Tuditanus.

»Aber Präfekt!«, ereiferte sich der schöne Publius.

»Lass den Arivinus holen!«, befahl der Hammerschädel.

»Er ist hier«, meldete Publius. »Ich ließ ihn im Wachraum warten.«

»Herein mit ihm«, sagte Tuditanus.

Arivinus kam, grüßte und bat den Präfekten unter vier Augen sprechen zu dürfen.

Der Centurio und der Offiziersanwärter protestierten beleidigt.

»Ich nehme an, dass mir der Decurio einiges berichten möchte, das mich ganz persönlich betrifft«, sagte der Hammerschädel. »Lasst uns allein.« Das war ein Befehl, auch wenn er liebenswürdig ausgesprochen war.

Glabrio und der schöne Publius folgten den Legionären, die als Wachtposten im Amtszimmer gestanden waren.

Der Hammerschädel winkte seinen Decurio zu sich heran. »Komm näher, Arivinus, damit wir flüstern können. Hier haben die Wände Ohren.« Er deutete auf den zweiten, für Besucher bestimmten Klappstuhl.

Arivinus setzte sich neben den Präfekten.

Der Hammerschädel beugte sich zu ihm und flüsterte augenzwinkernd: »Bist du ein Schlitzohr, Decurio?«

»Wer ist das nicht manchmal, Präfekt«, flüsterte Arivinus augenzwinkernd zurück.

»Wirst du mir die Wahrheit sagen?«, fragte der Hammerschädel.

Arivinus nickte.

»Schieß los«, flüsterte Tuditanus.

Arivinus erzählte ganz leise. Der schöne Publius, der draußen lauschte, verstand keine Silbe.

Arivinus blieb bei der Wahrheit. Der Präfekt erfuhr, was tatsächlich geschehen war.

Arivinus berichtete vom Ruf des sterbenden Sklaven nach dem Beistand des Bruders in Christo; vom Verhör des Fritho, wie es Cornelia dem Vater erzählt hatte; von Cornelias Mitleid mit dem alemannischen Jungen; vom Schlaftrunk für die Wächter; von Cornelias Fluchthilfe und Frithos Dank.

Dieser Dank, erkannte Tuditanus, war unschätzbar wertvoll. Er würde das Leben vieler Menschen retten; das Leben römischer und keltischer Männer, Frauen und Kinder, von dem der Sklaven ganz zu schweigen.

Wie wenig wog dagegen der Schwindel der Wächter; wie wenig wog, dass Cornelia sich stumm und gefühllos stellte. Nur *ihr* hatte Fritho seine Warnung vor dem alemannischen Großangriff ausgesprochen. Selbst dass Cornelia, Arivinus und Nero zum Gott der Christen beteten, wog wenig gegenüber der Rettung vor tausendfachem Tod.

»Jetzt weißt du alles, Präfekt«, flüsterte der Decurio zum

Schluss. »Ich habe mich und die Meinen in deine Hand gegeben.«
»Lass deine Tochter vor den Leuten stumm bleiben, bis mir etwas Gescheites einfällt«, brummte der Hammerschädel. »Und danke deinen Göttern – Verzeihung –, danke deinem Gott, dass wir Cornelia brauchen und dass ich euch mag. Ich werde sehen, was ich bei dem neuen Kommandanten für euch tun kann. Und jetzt drück du *mir* die Daumen.«
»Gern, Präfekt«, versprach Arivinus. »Sag mir, wofür.«
Der Hammerschädel seufzte. »Für die Begegnung mit der Domina Tullia Severa. Ich habe sie nicht mehr gesehen, seitdem ich gestern die Thermen und dann die Schänke verlassen habe.«
»Warst du – angeheitert?«, erkundigte sich Arivinus.
»Ziemlich«, gestand der Hammerschädel.
»Ist sie denn *so* streng mit dir?«, fragte Arivinus.
»Wenn es um Met und Wein geht, *sehr«*, seufzte der Kommandant, dem tausend Reiter gehorchten.
Arivinus fand den rettenden Ausweg. »Gehen wir zusammen, Präfekt«, schlug er vor. »Ich begleite dich in dein Haus. In meiner Anwesenheit wird dich deine Gemahlin bestimmt nicht unhöflich empfangen. Du bietest mir ein Glas Wein an, und wenn ich dann gegangen bin, ist der erste Zorn der Domina verraucht.«
Der Hammerschädel pfiff durch die Zähne, dann schlug er seinem Decurio kräftig auf die Schulter. »Das ist *die*

Lösung!«, rief er begeistert. »Das werde ich dir niemals vergessen! Komm, Freund Arivinus!«
Er hatte es so laut gerufen, dass Glabrio, der schöne Publius und die Wachtposten hereinstürzten.
»Schwirrt ab«, sagte der Präfekt gemütlich. »Bis zum Beginn des Nachmittagsdienstes ist die Kommandantur geschlossen.«

Octavia

Es folgten ruhige Tage.
Der Rauch am Limes stieg weiterhin auf, blieb hell und wurde kaum mehr unterbrochen.
»Das ist ein gutes Zeichen«, fand der Hammerschädel. »Solange es raucht, so lange schlägt dieser Graf Gero nicht los. Weniger schön ist, dass der Rauch gleichmäßig aufsteigt. Ich deute es so, dass Gero seinen Barbaren alles mitgeteilt hat, was er ihnen mitteilen wollte. Jetzt dient der Qualm den zuwandernden Alemannen als Wegweiser.«
»Das denke ich auch, Präfekt«, sagte der Decurio Arivinus. »Ich glaube, dass wir uns auf Fritho verlassen können.«
»Dein Glaube in Jupiters oder sonst wessen Ohr«, brummte der Hammerschädel und klopfte mit dem Knöchel des Zeigefingers dreimal an seine Stirn. »Auf Holz klopfen bringt Glück«, erklärte er dem Arivinus.
Der Präfekt und sein Decurio saßen allein im Kommandantenzimmer des Kastells.
Das Gespräch beendete der Hammerschädel mit sehr lauter Stimme: »Der neue Kommandant wird in vier oder fünf Tagen eintreffen. Ich werde ihn mit allen Ehren empfangen und dann schweren Herzens nach Rom reisen, um meine letzten Jahre in freudlosem Ruhestand zu verbringen.«

Dazu grinste er unverschämt, aber das sah nur Arivinus. Die Lauscher draußen sahen es nicht.
»Ich segne den Tag, an dem Octavia zu uns kommen wird«, sagte der Decurio.
Der Hammerschädel nickte ihm zu. »Das verstehe ich. Ihr wart lange getrennt. Du liebst sie wohl sehr?«
»Sehr«, gestand Arivinus.
»Ja, ja, natürlich«, murmelte der Hammerschädel und erklärte die Unterredung für beendet . . .
In den folgenden Tagen und Nächten wurde es unruhig am Limes. Befehlsgemäß schlugen die Wächter keinen Alarm, aber immer wieder galoppierten Reiter ins Lager, um Zwischenfälle zu melden.
Da waren an einem frühen Morgen beide Posten von einem Wachtturm herunter verschwunden und auf der Plattform lag ein alemannisches Messer.
Da galoppierten alemannische Reiter aus dem Wald, drohten zum Limes herüber und schossen Pfeile ab. Als ein römischer Trupp gegen sie vorsprengte, verschwanden sie blitzschnell im Gehölz.
Auf Befehl des Tuditanus rückte ein kampfkräftiger Stoßtrupp gegen die Barbaren aus: dreißig schwer gepanzerte Reiter auf gepanzerten Pferden.
Keiner kehrte zurück.
»Ich hirnverbrannter Narr!«, schimpfte sich der Hammerschädel selbst. »Der Rauch steigt immer noch und ich liefere den Halunken Gefangene!« Er befahl dem Grenzschutz doppelt wachsam zu sein, sich nicht vom

Limes weglocken zu lassen und nur zuzuschlagen, wenn sich Alemannen in die Reichweite römischer Pfeile wagten.

Für die Wächter am Limes wurde es nervenzermürbend. Alemannische Scheinangriffe reizten römische Heißsporne zur Weißglut. Besonders junge Legionäre brannten darauf, es den unverschämten Barbaren heimzahlen zu dürfen. Den Befehl des Präfekten hielten sie für die Feigheit eines alten Trottels.

Zum Glück, dachten sie, geht er bald weg und der neue Kommandant wird den Halbwilden beweisen, dass Rom noch immer zubeißen kann!

Und immer noch stieg der helle Rauch in den alemannischen Himmel.

Über die Unruhestifter jenseits des Limes freuten sich keltische Händler im römischen Rätien. Jetzt, da es keine alemannische Konkurrenz mehr gab, setzten sie keltischen Met, keltische Stoffe und keltischen Honig viel gewinnbringender ab als in den Zeiten römisch-alemannischer Verständigung . . .

Dann kam der neue Kommandant.

Reitende Boten kündeten seine Ankunft für den späten Nachmittag an. »Samt Gemahlin und Begleitschutz«, meldeten sie. Es waren drei Boten auf einmal.

»Als ob nicht einer genügte«, brummte der Hammerschädel. Dann befahl er die Vorbereitungen zur Empfangsparade.

»Ausgerechnet am Nachmittag!«, schimpfte Tullia Severa. »Da muss ich die ganze Gesellschaft zum Abendessen einladen! Wie ich diese verlotterten Römer kenne, saufen und fressen sie dann bis Mitternacht durch! Wo ich doch meinen Schlaf brauche!«

»Hoffentlich spendiert der Neue einige Fässchen«, sagten die älteren Legionäre und vertrimmten zwei junge Heißsporne, die unter dem Neuen nach Kampfruhm lechzten.

»Hoffentlich kommt unter dem Neuen wieder alemannischer Honig herüber«, seufzten römische Feinschmecker. »Der keltische hängt uns zum Halse hinaus. Ausländische Ware ist immer besser als einheimische.«

Und: »Hoffentlich ist der neue Kommandant kein Schlagedrauf, der unsere Männer als Helden sterben lässt«, sagte die Frau eines römischen Unteroffiziers auf einem Met-, Milch- und Fruchtsaftkränzchen zu ihren Freundinnen.

»Hoffentlich«, seufzten die Damen, tauchten Daumen und Zeigefinger in die Becher und versprengten Met-, Milch- und Safttropfen, um die Götter zu bestechen. Sie saßen im Hause des ältesten Unteroffiziers der Ala zusammen und der Mosaik-Mars auf dem Fußboden wurde in Milch und Fruchtsaft beinahe ersäuft. Mettropfen bekam er kaum ab. Die waren den opfernden Damen zu wertvoll.

Der Decurio Arivinus, seine Tochter Cornelia und der Sklave Nero schmückten das Haus, das Octavia, die Frau, Mutter und Herrin, erwartete, mit Blumen und

Grün. Die Nachbarn bedauerten, dass Octavia zu einer Tochter kam, die Sprache und Gefühl verloren hatte. Arme Octavia!

Der Töpfergeselle, der Arivinus, Cornelia und Nero bei Tullia Severa angeschwärzt hatte, bekam handfeste Prügel, als er in der Siedlung herumredete, dass der Decurio und seine Sippschaft zum Gott der Christen beteten. Der Silberschmied, der die Nase des Decius gerade geklopft hatte, versetzte ihm einen Kinnhaken, dem kein Töpfer gewachsen war.

»Da-das zahle ich euch heim«, stotterte der Misshandelte, während er zu Boden ging. »Di-dir und der Do-Domi. . .« Dann gurgelte er und redete nichts mehr.

»Er spinnt«, sagte der Silberschmied. »Begießt ihn mit Wasser, das ist gut für ihn.«

Das Wasser war eiskalt.

Der Töpfer sprang auf, prustete, spuckte und rannte davon.

»Na also«, spottete der Silberschmied.

»Täteräää!«, schmetterten die Trompeten vom Kastell herunter. »Täterääää! – Täterääääääää!!«

Hufschläge ließen das Pflaster dröhnen.

Die Ala rückte aus.

Offiziere, Unteroffiziere und Legionäre ritten in Paraderüstung. Blank poliertes Metall blitzte in der Sonne. Die vergoldeten Adler auf den ruhmreichen Fahnen schimmerten im Licht.

An der Spitze ritten Antonius Cornelius Tuditanus, der

Präfekt der Ala; ihm zur Seite sein Stellvertreter, der Centurio Marcus Petronius Glabrio.
Mancher Legionär hatte ein ungutes Gefühl. Der Hammerschädel war erträglich, manchmal sogar väterlich gewesen. Konnte da ein Besserer nachkommen? »Täterääää!!!«, schmetterten die Trompeten. Aus der Siedlung liefen Männer, Frauen und Kinder zur Heerstraße, auf der die Kolonne des neuen Kommandanten herankam.
»Täteräääää!!!«
Das waren die Kriegstrompeten des Neuen.
Hinter dem nächsten Hügel tauchten zwei rote Helmbüsche auf: der Busch des neuen Kommandanten und der des Centurio, der Kaiser Decius Bericht erstatten sollte.
»Aaaaaaaach-tung!!«, kommandierte Tuditanus.
Ein Ruck ging durch die Reiter der Ala.
»Täääteräääääääää!!!«
Die Kriegstrompeten des Neuen und des Hammerschädels schmetterten zusammen.
Der Neue, sein Centurio, ein Fahnenträger und ein Trompeter sprengten heran. Hinter ihnen rumpelten eine Reisekutsche und drei Gepäckwagen aus der Senke herauf. Achtzehn Legionäre beschützten Leben und Gut des neuen Kommandanten und seiner Gefolgschaft. Mit stoßbereiten Lanzen ritten sie neben den Wagen.
»Der neue Kommandant legt größten Wert auf militärische Zucht, Ordnung und Sauberkeit«, hatte der Bote gemeldet.
So sah der Neue auch aus.

Trotz der langen Reise auf staubiger Straße war er wie aus dem Ei gepellt. Seine Rüstung war makellos sauber, sein Helm blitzte, seinen Mantel verschandelte nicht der kleinste Fleck, sein Schimmel war weiß vom Kopf bis zu den Fesseln hinunter.

Sauber waren der Tross und die Wagen.

»Alles in der letzten Station auf Hochglanz gebracht«, brummte der Hammerschädel. »Welch eine Zierde des Römischen Reiches!« Und schadenfroh setzte er hinzu: »Na, der wird sich in Rätien wundern!«

»Tääääteräääääääää!!!«, schmetterten die Trompeten.

»Zur Begrüßung des neuen Kommandanten – schauuuuut – linksss!!«, kommandierte der Hammerschädel.

Ein Ruck ging durch die Köpfe der Offiziere, Unteroffiziere und Legionäre.

»Willkommen, Präfekt«, grüßte Tuditanus und senkte das Schwert.

»Danke«, sagte der Neue, »aber noch bin ich nur Subpräfekt, verehrter Tuditanus, Präfekt werde ich erst nach deiner Abreise sein.«

In das Schmettern der Trompeten klangen Zurufe und Händeklatschen der Gaffer. Die Frauen aus der Siedlung hätten gar zu gern die Gemahlin des neuen Kommandanten begutachtet; doch die Domina ließ sich nicht sehen. Die Reisekutsche und die Gepäckwagen wurden von Legionären abgeschirmt, die Vorhänge der Kutsche blieben zugezogen . . .

»Nicht übel«, sagte der Neue nach Abnahme der Parade. »Die Reise war anstrengend, meine Gemahlin ist müde. Wo werden wir wohnen?«
»In deinem Hause, Subpräfekt«, antwortete Tuditanus. »Es war bisher *mein* Haus. Ich bitte dich meiner Gattin, mir und unseren Sklaven zwei Räume bis zu unserer Abreise zu überlassen. Das Haus ist groß, wir werden dich kaum stören.«
Der Neue winkte höflich ab. »Ich bitte dich, Tuditanus! Noch sind *wir* die Gäste. Betrachte dich weiterhin als Hausherrn.« Er wischte sich den Schweiß vom Gesicht und fuhr fort: »Zur Feier des Tages genehmige ich jedem Legionär einen Becher Wein auf meine Kosten, jedem Unteroffizier drei Becher und die Herren Offiziere werde ich in den nächsten Tagen zu einem Gastmahl einladen.«
Der Hammerschädel gab Glabrio einen Wink, der Stellvertreter ließ die Ehrenformation der Ala abrücken.
Auf einen Wink des Neuen setzte sich der Reisetross in Bewegung. Tuditanus ritt neben seinem Nachfolger und zeigte den Weg.
Die Neugierigen drängten nach. Irgendjemand hatte den Namen des Neuen erfahren und weitergegeben: »Pomponius Gaius Agrippa«.
»Ein schöner Name«, fanden einige.
»Ein gefährlicher Name«, unkte ein ehemaliger Legionär aus der Siedlung. »Ein Centurio, der Pomponius hieß, schikanierte mich jahrelang bis aufs Blut. Dann erschlugen ihn freundlicherweise barbarische Afrikaner.«

Unter den Neugierigen drängten Arivinus, Cornelia und Nero nach vorne. Die Reisekutsche holperte vorbei.
»Octavia!«, rief Arivinus.
Der Vorhang blieb geschlossen . . .
»Wer sind diese Leute?«, fragte Agrippa, als sie am Rande der Siedlung eine seltsame Gruppe erreichten: Männer in Zivil, manche mit militärischen Auszeichnungen behängt, einige mit nur einem Bein oder einem Arm, zwei mit zerstörtem Gesicht; einer, dem beide Beine und die rechte Hand fehlten, auf einem Karren.
»Ausgediente Legionäre, die für Kaiser und Reich die Knochen hingehalten haben«, erklärte der Hammerschädel. »Sie möchten dich begrüßen. Einige sind Handwerker in der Siedlung, einige Kleinbauern in der Nähe, andere . . .«
Agrippa winkte ab. »Schon gut, Tuditanus, schon gut. Ich spende jedem der Männer zwei – oder besser drei – nein, *vier* Becher Wein auf meine Kosten.« Er winkte den Invaliden zu und befahl den Trossknechten schneller zu fahren.
»An wie vielen Schlachten hast du teilgenommen, Agrippa?«, erkundigte sich der Hammerschädel.
»Wieso?«, fragte der Neue.
»Entschuldige«, meinte der Hammerschädel scheinheilig, »selbstverständlich hast du . . .«
Agrippa unterbrach ihn: »Selbstverständlich habe ich alle wichtigen Schlachten der letzten Jahrhunderte bei den

besten Kriegslehrern in Rom *studiert*, Tuditanus! Das ist mehr, als an Kriegen teilgenommen zu haben.«

»Du sagst es«, brummte der Hammerschädel.

Agrippa wies in die Richtung des Limes. »Die Alemannen sind sehr aufmerksam«, meinte er geschmeichelt.

»Wieso?«, fragte der Hammerschädel.

Agrippa lächelte. »Weil sie mich mit Rauchsäulen begrüßen, Tuditanus. Rauchsäulen, lehrten mich meine Kriegslehrer, sind germanisches Willkommen.«

Der Hammerschädel hustete. »Morgen, lieber Agrippa, werde ich dir einiges über die lieben Alemannen erzählen.«

Der Neue nickte. »Wie du meinst.« Dann wies er auf eine neue Gruppe. »Was für Leute sind denn das schon wieder?«

Sie waren auf dem Hauptplatz der Siedlung angekommen und wurden erwartet. Da standen Römer in festlicher Kleidung, manche mit dem Purpurstreifen der Vornehmen an der Toga; Kelten in Feiertagsgewändern; fremde Händler in farbiger Tracht.

»Es sind Leute, mit denen der Kommandant hier gut auskommen sollte«, erklärte der Hammerschädel. »Ohne sie würden unsere Legionäre auf dem Zahnfleisch kriechen und im Kampf mit Steinen und Knüppeln zuschlagen müssen.«

Das verstand Agrippa nicht.

Der Hammerschädel erklärte es ihm: »Es sind die Herren der Landgüter, die uns Verpflegung liefern, und die

Handwerker, die uns Waffen schmieden. Fast ebenso wichtig sind die Meister dort in der rechten Ecke. Sie fertigen unseren Frauen Kessel, Töpfe und Pfannen an und ...«, er zwinkerte mit den Augen, »... und manches hübsche Kleidungs- oder Schmuckstück, das wir Männer unseren Gemahlinnen überreichen, wenn wir nicht mehr ganz nüchtern aus den Thermen oder der Schänke nach Hause kommen.«

Agrippa verzog das Gesicht.

Der Hammerschädel verschluckte eine bissige Bemerkung und wies auf das vornehmste Gebäude am Platz. »Hier wirst du wohnen, Subpräfekt«, sagte er betont dienstlich. »Die Dame unter dem Torbogen ist Tullia Severa, meine Gemahlin.«

Agrippa sprang vom Pferd und warf die Zügel einem Legionär zu. Tuditanus stieg gemächlicher ab. Der Tross fuhr auf den Platz, den die Legionäre aus Rom freigemacht hatten. Sie standen breitbeinig, hielten die Lanzen quer und ließen keinen Neugierigen durch. Der Centurio aus Rom blieb neben Agrippa und schützte ihn mit dem blanken Schwert.

Arivinus und Cornelia hatten sich in die erste Reihe vorgedrängt. Nero hielt sich im Hintergrund. Einem Sklaven war es nicht erlaubt, bei festlichen Empfängen neben freien Männern zu stehen.

Agrippa verneigte sich vor Tullia Severa, dann trat er zum Reisewagen, öffnete die Tür und half einer Dame beim Aussteigen.

Die Menge raunte bewundernd.
»Eine Göttin«, flüsterte der Silberschmied seinem Nachbarn zu. »Man müsste sie in Gold fassen.«
»Fass mal schön«, brummte der Nachbar. Er war Hufschmied und schwärmte für Pferde. Das Reitpferd des neuen Kommandanten gefiel ihm bedeutend besser als die schöne Dame.
Sie trug einen Reisemantel aus scharlachfarbener Seide, Sandalen aus glänzendem Leder, blitzende Ringe und Armbänder und – den Frauen verschlug es den Atem – auf dem tiefschwarzen, zu kunstvoller Frisur geordneten Haar ein Diadem aus Perlen.
Nirgendwo eine Spur der Reisestrapazen.
»Sie hat sich beim letzten Pferdewechsel auf Hochglanz poliert«, unkte der Hufschmied. »Vornehme Weiber machen das immer.«
Niemand hörte ihm zu.
Agrippa führte die Dame zu Tullia Severa und sagte so laut, dass alle es hörten: »Livia Augusta, meine Gemahlin.«
Tullia Severa deutete eine Verneigung an und Agrippa fuhr fort: »Meine Gattin darf sich Augusta – die Erhabene – nennen, denn sie entstammt dem syrischen Königsgeschlecht.«
»Man sieht ihr an, dass sie eine echte Orientalin ist«, flüsterte ein Gutsherr. »Sie hat ein dunkles Gesicht, scharf geschnittene Züge, eine edle Nase und Augen wie glühende Kohlen.«

Seine Frau stieß ihn in die Seite und murmelte: »Alter Esel!«
»Die Dame Octavia!«, rief der Centurio aus Rom und half einer anderen Schönen aus dem Reisewagen.
»Octavia!«, wollte Arivinus rufen – und blieb stumm. Die Dame, der der Centurio aus dem Wagen half, war eine Fremde; fast noch ein Mädchen, aber stolz wie die Gemahlin des Agrippa.
Tuditanus und Tullia Severa führten den Neuen, die Augusta und die Dame Octavia ins Haus. Auf einen Wink des Tuditanus folgten die wichtigsten Männer des Begrüßungskomitees, um den hohen Herrschaften im Atrium nette Worte zu sagen und Geschenke zu überreichen.
Aus den Gepäckwagen sprangen Sklaven und Sklavinnen.
Was sich sonst noch vor dem Hause des Kommandanten abspielte, beachteten Arivinus, Cornelia und Nero nicht weiter. Arivinus zog Cornelia mit sich fort. Bei einem römischen Gepäckwagen hatte er ein Gesicht entdeckt, das ihm bekannt schien. Er drängte sich zu dem Pferdeknecht durch. Cornelia folgte ihm.
»Marcus?«, fragte der Decurio.
Der Pferdeknecht stutzte. »Arivinus?«
»Ich bin es«, sagte der Decurio. »Aber du – du warst doch . . .«
Der andere unterbrach ihn. »Ja, ich war Offizier, wenn du das meinst, aber ich bin es nicht mehr. Ein Kamerad

zeigte mich als Christen an. Nur weil ich dem göttlichen Decius einmal das Leben gerettet hatte, schickte er mich nicht als Gladiator in die Arena, sondern schob mich als Knecht des Agrippa nach Rätien ab.«
»Warum ist Octavia, meine Frau, nicht mitgekommen?«, fragte Arivinus. »Sie wurde mir gemeldet.«
Der Knecht sah sich vorsichtig um, dann antwortete er leise: »Deine Frau wurde kurz vor unserer Abreise mit anderen Christen festgenommen. Häscher des Decius hatten erfahren, dass sich christliche Priester und Gläubige in der dritten Katakombe an der Via Appia versammelten, um das Brot zu brechen und zum Herrn zu beten. Gerichtsdiener und Soldaten besetzten die Zugänge zu den Gräberstollen, andere stürmten mit Fackeln und blanken Eisen in die Gänge hinein. Ehemalige Christen, die aus Furcht ihrem Glauben abgeschworen hatten und sich in den Katakomben auskannten, dienten den Heiden als Führer. Für unsere Brüder und Schwestern gab es kein Entkommen.«
Er zuckte die Achseln.
»Und?!«, drängte Arivinus.
»Nur wenige, hieß es dann in Rom, hätten den Glauben verleugnet und vor dem Standbild des Decius geopfert«, berichtete Marcus weiter. »Die Standhaften wurden nach dem Befehl des Kaisers gerichtet: Priester und Diakone, die das römische Bürgerrecht besaßen, mit dem Schwert – wie einst Paulus, der Apostel; Priester und Diakone ohne römisches Bürgerrecht am Kreuz – wie Pet-

rus, der erste Bischof von Rom, Brüder ohne Priesteramt und Schwestern in Christo verschwanden spurlos; niemand weiß, wohin, Vermutungen reichen von Verbannung und Kerkerhaft bis zur Sklaverei. Nachzuforschen traut sich niemand mehr. Einige Leute, die sich nach den Verhafteten erkundigten, wurden festgenommen und verschwanden wie diese.«

»Oh Gott!«, stöhnte Arivinus.

Cornelia drückte seine Hand und bemühte sich die Tränen zurückzuhalten. Sie spielte auch jetzt ihre Rolle, sprach kein Wort und stellte sich gefühllos.

Ein Unteroffizier des neuen Kommandanten klirrte heran, stieß den Knecht Marcus in die Seite und schimpfte: »He, du Faulpelz! Spann deine Gäule aus und bring sie in den Stall! Los, los!«

»Jawohl«, sagte der ehemalige Offizier und gehorchte.

Soldaten und Sklaven drängten Arivinus und Cornelia ab und schleppten schwere Truhen ins Haus. Aufseher halfen mit der Peitsche nach, wenn sich ein Sklave ungeschickt oder nicht schnell genug bewegte.

Und da war Nero. Er fasste Arivinus am Arm, Cornelia bei der Hand und flüsterte: »Kommt, bevor ihr euch verratet. Der Centurio aus Rom ist misstrauisch. Sie sehen sich überall um und er hat keine guten Augen. Also kommt!«

Arivinus und Cornelia gingen mit ihm . . .

Am Abend waren Tuditanus und Tullia Severa schlechter Laune. Wenn der Hammerschädel daran dachte, dass er morgen den Neuen zur Inspektion des Kastells und der Siedlung begleiten musste, war ihm nach Zähneknirschen zu Mute. Von Anfang an war ihm Agrippa zuwider.

Ähnlich fühlte die Domina, die diese hochnäsige Livia Augusta durch den Ort führen sollte. Da Tullia Severa ihren Zorn an irgendjemandem auslassen musste, ließ sie ihn an ihrem Gemahl aus. Kurz vor dem Einschlafen.

»Er hat bessere Manieren als du, Tuditanus«, stichelte sie bissig. »Er ist gelenkiger und nicht so fett wie du.«

Der Hammerschädel wusste, dass sie von Agrippa redete. »Na und?«, brummte er verärgert. »Er ist ein Vornehmer und erst sechsundzwanzig Jahre alt. Im Übrigen siehst du, meine Liebe, nicht halb so attraktiv aus wie Livia Augusta.«

Das saß!

»Sie ist kaum neunzehn!«, fauchte die Domina. »Da ist es kein Kunststück, gut auszusehen. Noch dazu mit so viel Schminke und Klunkerzeug – du alter Esel!«

»Gute Nacht«, knurrte Tuditanus.

Die Domina dachte nicht an Einschlafen. »Zu Octavia sagst du wohl gar nichts, wie?«, fuhr sie ihren Mann an.

»Ein sechzehnjähriges Gänschen, das sich eine Menge darauf einbildet, die Stiefschwester des Agrippa zu sein«, sagte der Hammerschädel gähnend. »Soll ich sie bewundern, weil sich der schöne Publius in sie vergafft hat?«

»Wer redet denn von *dieser* Octavia!«, schimpfte Tullia Severa und jetzt war sie richtig böse.
»Verzeihung«, murmelte Tuditanus ganz ohne Spott. »Denkst du an die Frau des Arivinus?«
»An sie, den Decurio und Cornelia«, sagte die Domina.
»Vielleicht treffen die Andeutungen des römischen Centurio nicht zu«, meinte Tuditanus. »Die Römer vertragen nicht viel. Der Centurio war bereits angesäuselt, als er das von den Christen erzählte. Vielleicht ist unsere Octavia davongekommen.«
»Schon gut«, sagte Tullia Severa. »Vielleicht können wir etwas für sie tun, wenn wir in Rom sind. Gute Nacht, Tuditanus.«
Der Hammerschädel strich ihr übers Haar. »Gute Nacht, Tullia Severa.«

Meldungen

Die meisten Soldaten im Kastell – Offiziere, Unteroffiziere und einfache Legionäre – hatten vom neuen Kommandanten die gleiche Meinung, auch wenn sie diese nicht offen aussprachen: Pomponius Gaius Agrippa ist ein aufgeblasener Gernegroß, der alles besser weiß und vom Dienst am Limes nichts versteht; ein Günstling des Kaisers, von dem er viel zu früh zum Kommandanten einer Ala ernannt wurde; ein Meckerer, dem es niemand recht machen kann und der auf spiegelblanker Rüstung noch Staubkörnchen entdeckt.

Das Lob des Neuen sangen nur der Centurio Marcus Petronius Glabrio und der Offiziersanwärter Publius Appius Pulcher. Jeder wusste, warum.

Glabrio wollte weiterhin stellvertretender Kommandant bleiben, der schöne Publius betrachtete sich bereits als Mitglied der Agrippa-Familie. Er schwänzelte um die blutjunge Octavia herum und machte ihr verliebte Augen.

Obwohl das Kastell auf Hochglanz gebracht worden war, zeigte sich der Neue nach der ersten Inspektion unzufrieden. Er bemängelte vor allem den fehlenden Blumenschmuck in den Unterkünften der Legionäre. Nur mit Mühe verbiss der Hammerschädel eine grimmige Bemerkung.

Blumenschmuck in den winzigen Soldatenbuden, die

für nicht viel mehr als für eine Schlafpritsche Platz boten! Was für ein Unsinn!
Enttäuscht waren auch die Leute in der Siedlung und auf den Gutshöfen. Der neue Kommandant und seine Gemahlin fanden kaum ein lobendes Wort für Blumen und Grün, die alle Häuser zu Ehren der hohen Gäste schmückten. Anscheinend wollten »die Agrippas« den Provinzlern von vornherein zeigen, dass sie einige Stufen höher standen als diese.
Nur mit den Gutsherren, die Purpurstreifen an der Toga trugen, unterhielten sich Agrippa und die Augusta etwas freundlicher.
Als Tullia Severa nach dem Rundgang mit ihrem Gemahl allein war, knurrte sie einen hässlichen Kraftausdruck. Und der Hammerschädel brummte: »Das hast du sehr schön gesagt, meine Liebe.«
Der Decurio Arivinus wurde seltsam. Ruhelos lief er durch Kastell und Siedlung. Immer wieder versuchte er mit Agrippas Legionären und Knechten ins Gespräch zu kommen. Von Glabrio steckte er Rüffel wegen Zuspätkommens und schlechter Arbeit ein. Er versprach sich zu bessern und besserte sich kaum.
Seine Freunde wunderten sich nicht über ihn.
Die Tochter stumm geworden, die Frau verschwunden.
Da hätten auch andere Männer durchgedreht.
Cornelia verriet sich mit keinem Laut, obwohl ihr das Schweigen immer schwerer fiel.
Der Sklave Nero versuchte Vater und Tochter zu trösten:

»Als unser Herr auf Erden lebte, vollbrachte er viele Wunder. Warum sollte er jetzt, da er beim Vater im Himmel ist, *kein* Wunder mehr tun? Warum nicht eines für uns?«
Arivinus und Cornelia glaubten es kaum – und beteten darum . . .
Am Morgen des dritten Tages erzählte Tuditanus seinem Nachfolger von der Bedeutung der alemannischen Rauchzeichen. Er sprach von der Gefahr, die Römern und Kelten am Limes drohte; aber auch davon, dass ein Alemanne die Tochter des Arivinus vor dem Großangriff der Barbaren warnen werde.
Tuditanus und Agrippa redeten unter vier Augen im Amtsraum des Kommandanten.
»Woher weißt du das«, fragte der Neue misstrauisch, »und wieso soll ausgerechnet ein Mädchen einen so wichtigen Bescheid bekommen?«
Der Hammerschädel hatte diese Fragen erwartet und sich die Antworten zurechtgelegt: »Ich habe bei allen Göttern geschworen den Namen meines Informanten nicht zu verraten und einen Schwur breche ich niemals. Deine zweite Frage beantworte ich gerne. Ein Alemanne des Grafen Gero hat sich in die Tochter des Arivinus verliebt. Er wird sie warnen, um ihr Leben zu retten, und gestand ihr zu, dass sie dann auch ihre Freunde verständigen darf. Diese Freunde, Agrippa, sind wir alle. Wir brauchen Cornelia, glaub mir.«
»Ein Alemanne und eine stumme Römerin?«, murmelte Agrippa kopfschüttelnd.

»Als er sie kennen lernte, konnte sie noch reden«, sagte Tuditanus.
Agrippa ging mit großen Schritten auf und ab. »Ja«, meinte er nach einer Weile, »dann dürfte dem Decurio und seiner Tochter in der nächsten Zeit nichts Lebensgefährliches zustoßen, wie?«
»Gewiss«, antwortete der Hammerschädel. »Arivinus versprach mir dem jeweiligen Kommandanten sofort zu melden, wenn der Alemanne das Mädchen Cornelia vor dem Großangriff gewarnt hat.«
»Ich werde es überlegen«, sagte Agrippa.
»Arivinus wird auch dir als Dolmetscher und Schreiber nützlich sein«, fuhr Tuditanus fort. »Er spricht mehrere alemannische Dialekte und schreibt fehlerlos nach Diktat.«
»Ich werde es überlegen«, wiederholte Agrippa.
Dann überstürzten sich die Meldungen.
»Ein Bote vom Limes!«, meldete der Posten vor der Tür.
»Soll hereinkommen«, befahl der Neue.
Der Bote berichtete, dass bei den Alemannen keine Rauchzeichen mehr aufstiegen.
»Es war Befehl des Präfekten Tuditanus, dies sofort zu melden«, schloss er.
»Erhöhte Wachsamkeit an der Mauer«, entschied Agrippa. »Bei neuem Ungewöhnlichen sofort wieder Meldung!«
»Jawohl«, sagte der Bote und ging.
»Vorsorglich solltest du das Wertvollste in Sicherheit bringen lassen«, schlug Tuditanus vor.

»Und das wäre?«, erkundigte sich Agrippa.
»Vor allem der Tempelschatz«, sagte Tuditanus, »die Kostbarkeiten im Fahnenheiligtum der Ala.«
Agrippa lachte. »Soll ich die Götter vielleicht eingraben lassen?«
»Es wäre vernünftig«, sagte der Hammerschädel.
Da kam die zweite Meldung. Agrippas Centurio klirrte herein, grüßte und stand stramm. Das bedeutete eine dienstliche Nachricht von höchster Wichtigkeit.
»Rede!«, befahl Agrippa.
»Ich möchte dich unter vier Augen sprechen, Subpräfekt«, sagte der Centurio.
Agrippa winkte ab. »Es gibt keine dienstlichen Geheimnisse vor Präfekt Tuditanus. Also rede.«
Der Centurio verbeugte sich knapp. »Wie du befiehlst.«
Agrippa nickte ihm zu. »Ich höre.«
Der Centurio berichtete: »Wie du weißt, Subpräfekt, muss ich nach meiner Rückkehr dem göttlichen Kaiser über die Zustände im Grenzland Meldung erstatten. Als ich mich heute in der Siedlung umsah, trat ein Mann auf mich zu. Er stellte sich als Töpfergeselle und Verehrer des göttlichen Decius vor. Dann beschuldigte er den Decurio Arivinus und dessen Tochter Cornelia, Anbeter des Christengottes zu sein. Das wär's.«
»Sieh einer an«, sagte Agrippa.
Der Hammerschädel biss die Zähne zusammen und kniff die Daumen ein.
»Was befiehlst du, Subpräfekt?«, fragte der Centurio.

»Das Kaiseropfer«, bestimmte Agrippa nach kurzem Überlegen. »Vielleicht fange ich damit noch weitere Christen.« Er lächelte dem Hammerschädel zu. »An dem Tag, an dem mein Freund Tuditanus abreist, werde ich dem göttlichen Decius öffentlich danken, dass er mich, meine Gemahlin und die Dame Octavia ungefährdet an den Limes gebracht hat, und ihn um seinen göttlichen Schutz für die Reise meines Freundes Tuditanus nach Rom bitten. Mit Dank und Bitte verbinde ich als Beauftragter des Kaisers das Opfer vor seiner göttlichen Statue. Ich werde die Decius-Büste aus dem Fahnenheiligtum auf den Hauptplatz der Siedlung tragen lassen. Jeder wird vor der Statue sein Opfer bringen. Für die Ärmsten kann es ein sehr kleines Opfer sein, meinetwegen eine Wiesenblume. Wer es verweigert, gibt sich als Christ zu erkennen und ist sofort festzunehmen. Die Wachsoldaten am Limes schwören vor ihren Offizieren beim Kriegsgott Mars keine Christen zu sein. Alles klar?«
»Alles klar, Subpräfekt«, sagte der Centurio.
»Mein Befehl wird erst am Morgen des Opfertages den Herren der Siedlungsverwaltung bekannt gegeben«, fuhr Agrippa fort, »damit sich niemand vom Opfer davonstehlen kann. Kranke sind auf Bahren vor den kaiserlichen Gott zu tragen. Stillschweigen zu jedermann, Centurio!«
»Zu Befehl, Subpräfekt«, sagte dieser und klirrte ab.
»Dein unentbehrlicher Decurio und seine unentbehrliche Tochter«, sagte Agrippa spöttisch bedauernd zu Tu-

ditanus. »Wegen des netten Alemannen, der sie und uns warnen möchte, würde ich sie nicht gern verlieren. Aber was soll ich tun? Der Befehl des Kaisers ist Gesetz.«

Er winkte ab, als der Hammerschädel etwas einwerfen wollte, und fuhr fort: »Aber vielleicht geht alles gut. Vielleicht fürchten sie die Strafe und opfern dem göttlichen Decius. Es würde mich freuen.«

»Ich möchte mich verabschieden«, brummte der Hammerschädel.

»Empfiehl mich der hochverehrten Tullia Severa«, sagte Agrippa lächelnd. »Auf Wiedersehen, lieber Freund.«

Der Posten an der Tür grinste, als der Präfekt an ihm vorbeigegangen war. Ganz deutlich hatte er gehört, wie der Präfekt »Römisches Arschloch« gebrummt hatte.

Echt Hammerschädel, dachte der Posten . . .

Der Silberschmied, der den Töpfergesellen vor allen Leuten niedergeschlagen hatte, staunte nicht wenig, als dieser plötzlich in seiner Werkstätte auftauchte.

»Was willst du?«, fuhr er ihn an.

Der Töpfer wies auf den Schmiedegesellen und den Sklaven, die an Schmuckstücken arbeiteten. »Schick sie hinaus«, sagte er. »Was ich mit dir zu besprechen habe, geht nur uns beide an. Ich trage keine Waffe bei mir, du darfst mich abtasten.«

Der Silberschmied nickte seinen Leuten zu und sie verließen die Werkstätte. Doch nur der Sklave ging außer Hörweite. Der Geselle horchte an der Tür und verstand, was dahinter gesprochen wurde.

»Als Verehrer des göttlichen Decius habe ich den Arivinus und seine Tochter als Christen angezeigt«, begann der Töpfer. »Und jetzt, Meister, hör mir gut zu.«
»Ich drehe dir den Hals um, du erbärmlicher Schuft!«, keuchte der Silberschmied.
Der Töpfer lachte. »Das wirst du hübsch bleiben lassen, wenn du mich angehört hast.«
Der Meister knurrte Unverständliches.
»Ich könnte auch dir und der Domina Tullia Severa große Schwierigkeiten machen«, fuhr der Töpfer fort. »Ich könnte dem Centurio des Agrippa zuflüstern, dass ihr die verdammten Christen in Schutz nehmt – du und die Domina. Wer erst einmal beschuldigt ist, dem fällt es verdammt schwer, sich reinzuwaschen. Wie leicht, verehrter Meister, könntest du für ein verkappter Christ gehalten werden.«
»Du Schweinehund!«, brüllte der Silberschmied, dann krachte etwas gegen die Tür.
»Schade um deinen Arbeitsstuhl, großer Künstler«, spottete der Töpfergeselle. »Jetzt hat er einen Knacks bekommen.« Er lachte. »Aber ich bin kein Unmensch und du bist ein wohlhabender Mann. Für hundert Goldstücke schwöre ich dir weder dich noch die Domina anzuzeigen. Aber Goldstücke müssen es sein, Meister, keine wertlosen Kupfermünzen. Nun? Was sagst du dazu?«
Da wurde die Tür aufgerissen. Zwei Hände legten sich um den Hals des Erpressers und sein Schrei erstickte im Gurgeln . . .

Den ganzen Tag über suchten Männer des Agrippa den Töpfergesellen vergebens. So war es dem neuen Kommandanten unmöglich, den Verräter nach einflussreichen Leuten zu befragen, die den Arivinus und seine Familie beschützten. Agrippa ahnte einiges, aber er hätte Zeugen gebraucht.
Der Töpfer war und blieb verschwunden.
Am Abend opferte der Geselle des Silberschmiedes vor dem Hausaltar sein Abendessen: Gerstensuppe, Brot, Käse und Met. Er zeigte die Mahlzeit der Statue des Gottes Vulcanus, dann schüttete und warf er sie auf die Gasse hinaus.
Dort balgten sich zwei Hunde darum.
Vulcanus, der Gott der Schmiede, hatte das Opfer angenommen . . .

Das Wunder des Decius

Von Agrippa ließ sich Tuditanus nichts vorschreiben. So fühlte er sich auch nicht verpflichtet wegen des Kaiseropfers den Mund zu halten. Er erzählte Tullia Severa von dem Opferbefehl und die Domina regte sich auf.
»Da sollen plötzlich gute Leute, mit denen wir jahrelang gelebt und zusammengearbeitet haben, in die Steinbrüche und in den Tod geschickt werden!«, schimpfte sie empört. »Dagegen musst du etwas tun, Tuditanus; schon dem hochnäsigen Agrippa und seiner königlichen Ziege zum Trotz!«
Der Hammerschädel *tat* etwas dagegen.
In der Nacht schlich er zum Hause des Arivinus. Er lachte in sich hinein, als er die versteckten Wachen sah. Die Zeit am Limes hatte seine Augen geschärft.
Er gab das Geheimzeichen, das er mit dem Decurio für besondere Fälle vereinbart hatte.
Arivinus öffnete die Tür und der Hammerschädel verschwand von der Gasse.
Dann saß er mit Arivinus und Cornelia lange zusammen. Der Sklave Nero hörte durch die offene Tür zu. An der Besprechung mit dem Präfekten durfte er nicht teilnehmen. Mit einem Sklaven hätte sich der Hammerschädel nie an einen Tisch gesetzt.
Tuditanus erzählte von der Meldung des römischen Centurio und dem Opferbefehl des Agrippa. »Du kennst

die Leute, die deinen Nazarener anbeten«, sagte er zu Arivinus. »Gib ihnen Bescheid, damit sie sich entweder auf vernünftige Götter umstellen oder abhauen. Hoffentlich sind es nicht zu viele.«

Arivinus sah ihn lange an und dem Hammerschädel wurde es ungemütlich. »Für dich und Cornelia müssen wir das Wunder des Decius arrangieren«, brummte er verlegen. »Vielleicht hilft es auch eurem Schwarzen. Wenn ich mir's recht überlege, mag ich ihn ganz gern.«

Hinter der offenen Tür schmunzelte Nero geschmeichelt.

Es wurde eine richtige Verschwörung. Bis nach Mitternacht berieten die Verschwörer jede Einzelheit . . .

Während der nächsten Tage verreisten sieben Familien ganz plötzlich »in wichtigen Angelegenheiten«. Vier, die schnell genug waren, kamen durch. Drei wurden von Agrippas Soldaten aufgehalten und zurückgebracht.

Arivinus bangte um vier weitere Familien und um drei Legionäre. Die christlichen Soldaten konnten nicht fliehen, das war klar. Ob die vier Familien Christus verleugneten oder das Martyrium auf sich nahmen, würde sich erst am Opfertag entscheiden.

Entscheiden würde sich auch, ob das »Wunder des Decius« Cornelias Leben rettete. Arivinus fürchtete den Tod nicht mehr, seitdem er um Octavias Schicksal wusste. Im Jenseits, glaubte er, würde er sie wieder sehen; drüben in der Seligkeit, die der Herr allen verheißen hatte, die an ihn glaubten.

Cornelia war noch jung. Sie liebte das Leben. Ihretwegen erklärte sich Arivinus mit dem »Wunder des Decius« einverstanden . . .

Dann kam der Tag, an dem alle zum Kaiseropfer befohlen wurden. Die Aufsicht führten der Centurio Glabrio und der Offiziersanwärter Publius Appius Pulcher.

In feierlichem Zuge wurde die Kaiserbüste aus dem Fahnenheiligtum auf den Hauptplatz der Siedlung gebracht.

Vier Legionäre trugen das Abbild des göttlichen Decius, auf blumengeschmückter Bahre. Der Priester des Mars, der zugleich Deciuspriester und Gutsbesitzer war, schritt im purpurgesäumten Gewand hinterher, gefolgt von vier Horn- und Trompetenbläsern. Es folgten Agrippa, Tuditanus und die Offiziere des Kastells. Im Gleichschritt marschierten Unteroffiziere und Legionäre.

Auf dem Hauptplatz, auf den Straßen und in den Gassen staute sich das Volk.

Geschäftstüchtige machten Geschäfte. Sie drängten durch die Reihen, boten Opfergaben für den göttlichen Kaiser, frische Getränke, kleine Imbisse und preiswerte Geschenke für liebe Menschen an: soeben eingetroffene edle Stoffe für die Damen; wertvollen Bernstein, den wagemutige Männer durch das gefährliche Alemannenland geschmuggelt hatten; Spiegel mit besonderem Glanz und Rasiermesser mit haarscharfem Schliff; Glasperlen, die echten täuschend ähnlich sahen; junge Hunde, Zierfische und Singvögel zum Liebhaben . . .

Einige Händler waren weit aus dem Hinterland gekommen. Den Opferbefehl des Agrippa hatte nicht nur der Hammerschädel vorzeitig verraten.
Vor der Villa des Kommandanten stand eine mit Blumen und Laub geschmückte Säule. Auf diese stellten die Legionäre die Kaiserbüste.
Die Damen auf den Marmorstufen der Kommandantenvilla verneigten sich vor dem göttlichen Decius. Zuoberst standen die neue Domina Livia Augusta, ihr zur Rechten Tullia Severa, zur Linken die Dame Octavia; eine Stufe unter ihnen die Gattinnen der Offiziere; noch eine Stufe tiefer und auf dem gepflasterten Boden die Damen der Purpur tragenden Gutsbesitzer und die Frauen der Siedlungsverwalter.
Gutsbesitzer und Verwaltungsbeamte bildeten die vorderste Reihe im Rund. Sie mussten sich nicht so zusammendrängen wie das niedere Volk.
Gehilfen des Priesters stellten große Holzbehälter vor die Kaiserbüste.
Agrippa hob die Hand. Das war das Zeichen zum Beginn.
Der Priester wandte sich der Menge zu und verkündete mit lauter Stimme: »Wir danken dem göttlichen Decius für die glückliche Ankunft des edlen Subpräfekten Pomponius Gaius Agrippa, der auf Befehl des göttlichen Kaisers nun zum Präfekten unserer ruhmreichen Ala ernannt wird!«
Die Legionäre schlugen befehlsgemäß an ihre Schilde, der Beifall der Bevölkerung fiel spärlich aus.

Agrippa verneigte sich knapp und der Priester fuhr fort: »Wir erbitten göttlichen Beistand für eine gute Romreise des edlen Präfekten Antonius Cornelius Tuditanus!«

Starker Beifall und bedauernde Ooh-Rufe antworteten.

Der Hammerschädel war gerührt.

»Nun opfern wir alle dem göttlichen Kaiser!«, rief der Priester beschwörend. »Jeder gebe nach seinem Vermögen!« Er hielt etwas Blitzendes in die Sonne – anscheinend eine Goldmünze –, verneigte sich tief vor der Kaiserbüste und warf die Münze in einen der Holzbehälter. Dann trat er zur Seite.

Agrippa, der neu ernannte Präfekt, verehrte dem Gottkaiser einen Paradedolch in reich verzierter Silberscheide, der Hammerschädel legte eine bemalte Vase in den für zerbrechliche Dinge bestimmten Trog.

Die argwöhnischen Augen der Aufpasser verfolgten jede Bewegung und jede Miene der Opfernden; denn die Geschenke für Decius sollten nicht nur Christen entlarven, sondern auch freudig gespendet werden. Also lächelten selbst jene, die ihre Gabe gern behalten hätten.

Am meisten wurden die Legionäre beneidet. Die brauchten nichts in die Tröge zu werfen. Sie mussten auf Kommando nur die Lanzen heben und »Heil dir, göttlicher Kaiser!« schreien, je lauter, desto besser. Wehe dem, der nicht laut genug brüllte! Der Kamerad neben ihm hätte ihn sofort als Christen gemeldet.

Alles lief reibungslos. Ordnungshüter regelten den Zugang zur Kaiserbüste und den Abgang vom Hauptplatz. Schreiber notierten die Namen der Opfernden.

Nach den hohen Herren traten die vornehmen Damen zur Deciusbüste, verneigten sich und spendeten ihre Gaben.

Dann kamen die verheirateten Unteroffiziere und das Volk mit Dienern und Sklaven.

Als Erster der Decurio Arivinus mit Cornelia und Nero.

Agrippa lauerte, der Hammerschädel kniff die Daumen ein.

Da geschah es.

Vor der Kaiserbüste fiel die stumme und gefühllose Cornelia dem Arivinus um den Hals und rief mit lauter Stimme: »Vater! Lieber Vater!« Dann sprach sie leise weiter und der Decurio strich ihr übers Haar.

Einige Herzschläge lang war beklemmende Stille, dann murmelte der Priester betroffen: »Ein Wunder! Es ist ein Wunder!« Er murmelte es nur, doch in der Stille hörten es viele.

Aus dem Getuschel rief eine Frauenstimme: »Ein Wunder des Decius!«

Andere Stimmen fielen ein. Selbst jene, die nichts gesehen und gehört hatten und gar nicht wussten, was geschehen war, riefen mit: »Ein Wunder des Decius! – Ein Wunder des Deeeeeeeciuuuus!!«

»Verdammter Narr!«, fauchte Agrippa und meinte den Priester.

Ein lieber Mensch, dachte der Hammerschädel und meinte den Priester ebenfalls. Wenn dieser nichts von einem Wunder gemurmelt hätte, wären zwei Leute des Tuditanus dran gewesen, »Ein Wunder des Decius!« zu schreien. Der Hammerschädel konnte sich zwar auf die beiden verlassen, aber der Verdacht einer Schiebung hätte trotzdem auf ihn fallen können.

Jetzt lief alles bestens. Kein unverdächtigerer Sachverständiger als der Priester hätte das Wunder verkünden können. »Danke, Jupiter«, brummte der Hammerschädel vor sich hin.

Das Geschrei wurde zum Gebrüll, die Leute drängten auf den Hauptplatz. Agrippa bedauerte mit den Legionären nicht zu Pferd gekommen zu sein. So gab es ein heilloses Durcheinander. Selbst die Dreierreihe der Soldaten löste sich auf.

»Ein Wunder des Decius!«, schrie und brüllte es über den Platz und durch die Siedlung. »Ein Wuuunder des Deeeeeeeeeciuuuus!!!«

Die Ordner wurden umgestoßen, es gab keine Ordnung mehr. Männer, Frauen und Kinder schoben, boxten, stießen und drängten sich zur Kaiserbüste durch, warfen ihre Opfergaben in die Tröge oder taten nur so. Manche erkundigten sich nach dem Wunder und bekamen die verrücktesten Auskünfte. Getretene und Gestoßene schrien vor Schmerz.

Arivinus und Nero brachten Cornelia aus dem Gedränge hinaus.

Die vornehmen Damen flüchteten ins Haus des Präfekten; dieser und der Hammerschädel wurden von Legionären abgeschirmt. Andere Soldaten schützten den Priester und die Kaiserbüste.

Noch lange tobten Lärm und Durcheinander auf den Straßen und in den Gassen.

Als sich die Aufregung etwas gelegt hatte, reiste der Hammerschädel mit Gemahlin und Dienerschaft ab. Die Herrschaften fuhren in bequemer Reisekutsche, das schwere Gepäck war in massive Lastenwagen verladen. Sklaven bewachten es.

Der Abschied von Agrippa und Livia Augusta war kühl gewesen.

Jetzt trieb Tuditanus zur Eile. Bis zum Abend wollte er an der nächsten großen Straßenstation sein, dort übernachten und in aller Frühe wieder aufbrechen. Für die Sicherheit der Reisenden bürgten der römische Centurio und seine Reiter, die nach Rom zurückkehrten.

Von Arivinus und Cornelia hatte sich der Hammerschädel in größter Eile verabschiedet. Fast hätte er geheult.

Der neue Präfekt schäumte vor Wut. Wie ein gereizter Tiger rannte er im Atrium seiner Villa auf und ab. Nur seine Gemahlin war bei ihm. Sie hörte ihm eine Weile zu, dann sagte sie ruhig: »Du bist ein Narr, Agrippa.«

»Wieso?!«, fuhr er auf.

»Weil es nur gut für dich ist, wenn der Kaiser von dem Wunder erfährt, das er in deinem Befehlsbereich gewirkt

hat«, sagte Livia Augusta. »Noch dazu bei deinem Dienstantritt! Außerdem wird es ihm schmeicheln, dass *alle* Soldaten und Zivilisten ihm, dem göttlichen Kaiser, geopfert haben.«
»Es haben nicht alle geopfert«, widersprach Agrippa. »In dem Durcheinander war keine Kontrolle möglich. Alles war ein abgekartetes Spiel, verdammt noch mal!«
Die Augusta winkte ab. »Hör mir zu, Agrippa.«
»Ich höre«, brummte der Präfekt.
Die Augusta lächelte. »Cornelia, die angeblich stumme Tochter dieses Decurio, hat uns einen großen Dienst erwiesen, als sie vor der Kaiserbüste die Sprache wieder fand. Denk daran, Agrippa, dass wir sie und ihren Vater nach der Christenverhaftung irgendwie hätten befreien müssen, um die Warnung des in Cornelia verliebten Alemannen zu hören. Du wirst dem Priester morgen klarmachen, dass er über das Wunder des Decius einen Bericht schreiben muss. Er soll auch aufschreiben, dass alle das Kaiseropfer geleistet haben. Diesen Bericht wirst du mit unterzeichnen und vom schnellsten Kurier zum Kaiser bringen lassen. Der Bote wird früher in Rom sein als dein Centurio, der den Hammerschädel begleitet.«
»Na und?«, spottete Agrippa. »Was nützt das schon! Der Centurio wird dem Kaiser von dem Tumult berichten, in dem keine Kontrolle möglich war. Und an das Wunder glaubt er genauso wenig wie ich.«
»Er wird dem göttlichen Decius melden, was ich dir

eben gesagt habe«, versicherte die Augusta. »Ich habe ihn fürstlich bestochen. Er hat mein Gold genommen und geschworen in meinem Sinne zu reden.«

Agrippa küsste seine Gemahlin auf die Stirn und sagte beschämt: »Du bist die gescheiteste und raffinierteste Frau, die ich kenne.«

Die Augusta lächelte. »Es ist nichts weiter als Politik, lieber Agrippa. Ich lernte sie am Hofe meines Vaters. Er war ein Gegner der Römer und lebte dann gut von ihnen.«

»Trotzdem sollen die Christen nicht davonkommen«, entschied der Präfekt. »Sobald der Alemanne die Tochter des Decurio, diese ihren Vater und der wieder uns gewarnt hat, schlage ich zu. Dann werde ich ein Kaiseropfer ansetzen, bei dem mir *niemand* durch die Maschen schlüpft!«

»Falls du und deine Soldaten den alemannischen Großangriff abwehren können«, gab die Augusta zu bedenken.

Agrippa ballte die Fäuste. »Und *ob* ich ihn abwehren werde!«

Da meldete sich ein Bote vom Limes. Er war zuerst im Kastell gewesen und dort in Agrippas Villa gewiesen worden. »Bei den Alemannen steigen neue Rauchsäulen auf«, meldete er.

»Werden sie unterbrochen?«, fragte der Präfekt.

»Nein«, antwortete der Bote. »Sie rauchen gleichmäßig.«

»Wie nett von den Alemannen«, sagte die Augusta, als

der Legionär gegangen war. »Sie lassen dir Zeit, Agrippa, um die Verteidigung oder die Flucht vorzubereiten.«
»Flucht?!«, begehrte er auf.
Die Augusta lächelte. »Reg dich ab, Agrippa, überleg lieber.«

Sonnenwende

Die folgenden Monate brachten harte Arbeit für die Legionäre. Präfekt Agrippa ließ sämtliche Befestigungsanlagen verstärken, Exerzieren und Kampfübungen verdoppeln.

In der Siedlung redeten die Leute noch lange vom Wunder des Decius. Nur der Decurio, seine Tochter und der Sklave Nero sprachen kein Wort davon. Wenn sie gefragt wurden, zuckten sie die Achseln und schwiegen.

Arivinus übersetzte und schrieb für den neuen Präfekten. »Behalt ihn, Agrippa«, hatte die Augusta geraten. »So hast du ihn unter Kontrolle.«

Der Handel mit den Alemannen war fast völlig zum Erliegen gekommen. Hin und wieder schafften Schmuggler begehrte Waren über die gefährliche Grenze. Es waren raue Kerle, die weder Götter noch Dämonen fürchteten. Meist waren es Kelten. Römer trauten sich längst nicht mehr über den Limes hinaus, Alemannen kamen nicht mehr nach Rätien herüber.

Die Rauchzeichen schwelten – jetzt von längeren Pausen unterbrochen.

Cornelia wartete auf Fritho und fürchtete sein Kommen ...

Dem milden Herbst folgte ein früher und strenger Winter.

Die Soldaten am Limes froren erbärmlich, vor allem Legionäre, die aus warmen Ländern stammten, in denen Schnee unbekannt war. An der rätisch-alemannischen Grenze fiel er in Massen. Er erschwerte Gehen und Reiten. Agrippa schickte keine Patrouillen mehr ins Niemandsland. Kein Alemanne ließ sich vor der Mauer sehen. Selbst nach stockfinsteren Nächten entdeckten die Wächter keine Huf- und Fußspuren im Schnee. Die Wachsamkeit ließ nach.

Im Kastell arbeiteten die Waffenschmiede vom frühen Morgen bis in den späten Abend hinein. Agrippa war überall, um keine Schlamperei aufkommen zu lassen, wie er sagte. Trotz der beruhigenden Rauchzeichen bereitete er sich und seine Leute auf den entscheidenden Kampf vor. Er brüllte müde Posten zusammen, die er dösend antraf, und sperrte sie nach der Ablösung bei Gerstenbrei und Wasser in ungeheizte Zellen. Er achtete auf Drill in Amtsräumen, Unterkünften und Ställen und ließ die Legionäre jeden dritten Abend zum Appell antreten. Wehe dem, der mit Rostflecken an Rüstung und Waffen auffiel! Er musste im Freien strafexerzieren, dass ihm trotz Kälte und Schnee der Schweiß ausbrach.

»Man muss die Kerle auf Trab halten, damit sie nicht verweichlichen«, erklärte Agrippa seinem Stellvertreter. Glabrio dachte anders, aber er sagte: »Jawohl, Präfekt, selbstverständlich.«

In der Kommandantenvilla war der Offiziersanwärter Publius Appius Pulcher häufiger Gast. Er machte Octavia den Hof und sie sah es gerne. Auch der Domina Livia Augusta gefiel der hübsche, junge Mann mit den guten Manieren. Er würde bestimmt Karriere machen und eines Tages vielleicht Kommandant der kaiserlichen Leibwache sein. Wenn Octavia dann seine Gemahlin wäre, würde sie in Rom eine ganz große Rolle spielen.

Die Augusta redete mit dem Gatten darüber und Agrippa ließ sich überzeugen. Er schickte einen Kurier nach Rom, der vom kaiserlichen Hof die Erlaubnis zur Verehelichung des schönen Publius mit der Dame Octavia erbitten sollte.

Er brachte sie. Die Hochzeit sollte im kommenden Sommer gefeiert und Publius am Tag der Vermählung zum Offizier befördert werden. Dann würde das junge Paar in die Villa eines Centurio ziehen, der nach dem italischen Süden versetzt werden sollte.

Agrippa, Livia Augusta, Publius und Octavia feierten die kaiserliche Erlaubnis. Publius versicherte, dass er darauf brenne, sich als Offizier in hartem Kampfe bewähren zu dürfen.

An den Haselstrauch dachte er nicht mehr . . .

Mitten in der längsten Winternacht ritten Agrippa, Glabrio und der schöne Publius zum Limes hinaus. Sklaven hatten einen Reit- und Fahrweg freigeschaufelt. Sie waren von Gutsbesitzern gestellt worden. Nach stärkeren Schneefällen mussten je zehn Mann bestimmte Abschnitte begehbar machen.

Glabrio und Publius hatten Fackeln mitgenommen, aber

nicht angezündet. Die Nacht war sternenklar, die Sicht ziemlich gut.

Agrippa wollte die Wächter überraschen, da hätte ihn Fackelschein verraten. Glabrio und Publius waren von der nächtlichen Inspektion nicht begeistert, aber sie stellten sich so.

Sie waren nur noch eine kurze Strecke vom Limes entfernt, als Agrippa sein Pferd zügelte, seinen Begleitern zu halten befahl und dann fragte: »Hört ihr es?«

Publius und Glabrio hörten nichts. »Am Limes ist alles ruhig«, sagte der Stellvertreter.

»Es prasselt wie Feuer«, flüsterte Agrippa aufgeregt. »Der Wind trägt es herüber. Ihr *müsst* es hören!«

Glabrio und Publius lauschten angestrengt und jetzt hörten sie es auch.

»Von unseren Leuten kann es nicht kommen«, sagte der Präfekt, »sonst müssten wir Flammen sehen. Es muss drüben bei den Alemannen sein. Warum blasen unsere Posten keinen Alarm? Wenn die Kerle wieder einmal schlafen, lasse ich sie einen ganzen Monat lang einsperren! Los, Galopp!« Er trieb sein Pferd an. Glabrio und Publius jagten hinter ihm her. Unter den Hufen stoben Schneewolken auf.

Dann riss Agrippa sein Tier auf die Hinterhand nieder und wies mit ausgestrecktem Arm zum Limes, dessen Mauer und Torturm sich jetzt deutlich vom Hintergrund abhoben.

Drüben, im Alemannischen, schlugen Flammen über die

Wipfel hinaus, züngelten gelb und rot in die Höhe, wuchsen und loderten als Riesenfackeln in die Nacht. Sie brannten an mehreren Stellen, anscheinend auf Hügel- und Bergkuppen.

Die römischen Posten blieben stumm.

»Ich schicke die Kerle in die Steinbrüche!«, brüllte Agrippa.

Da wusste Glabrio, was los war. »Aber nein, Präfekt«, sagte er. »Die Feuer sind . . .«

Agrippa ließ ihn nicht weitersprechen. »Schweig, Centurio! Nimm schlafende Wächter nicht in Schutz! Jetzt sollen sie mich kennen lernen!« Er preschte davon, dass Glabrio und Publius Mühe hatten, ihn einzuholen. Agrippa schäumte vor Wut. Feuer am Limes und römische Posten husteten nicht einmal in die Trompeten!

»Beim Jupiter!«, schrie Glabrio. »Blamier dich nicht, Präfekt!«

Das half. Noch einmal zügelte Agrippa sein Pferd. »Wie meinst du das, Centurio?«, fragte er scharf.

»Es sind Sonnwendfeuer«, erklärte Glabrio. »Verzeih, Präfekt, ich hätte daran denken sollen, aber da war so viel Arbeit in den letzten Tagen . . .«

»Komm zur Sache!«, befahl Agrippa,

»Alle germanischen Stämme feiern um die Mitte der längsten Nacht die Niederlage der Finsternis«, erzählte Glabrio. »Sie sehen in den nun länger werdenden Tagen die Auferstehung des Lichtes und feiern sie mit flammenden Holzstößen. Von Berghängen rollen sie mit

Pech bestrichene brennende Räder hinunter, die die Sonne versinnbildlichen. Es ist die Nacht der Freude, keine Nacht der Drohung. Unsere älteren Legionäre wissen es längst, deshalb blasen sie keinen Alarm. Sie sehen die Feuer als Schauspiel.«

»Danke, Centurio«, brummte Agrippa.

Weitere Feuer loderten auf, manche so weit entfernt, dass sie wie zuckende Flämmchen aussahen.

Dann erlebte der Präfekt eine neue Überraschung. Als er zum Limes kam, wurde er von dem kommandierenden Centurio bereits erwartet.

»Wieso weißt du, dass ich komme?«, fragte Agrippa.

Der Centurio lächelte. »Ich nahm an, dass du kommen würdest. Ein neuer Präfekt lässt sich sein erstes Sonnwendfeuer doch nicht entgehen. Steigen wir auf den Turm. Von der Plattform aus siehst du die Feuer besonders gut.«

Agrippa dankte und stieg ihm nach . . .

Zur selben Zeit versammelten sich Männer, Frauen, Burschen und Mädchen im Hause des Arivinus. Sie waren in kleinen Gruppen gekommen und wie Verschwörer heimlich durch die schlafende Siedlung gehuscht.

Im Atrium des Arivinus dankten sie ihrem Gott für die Errettung aus höchster Gefahr. Sie konnten erst jetzt zusammentreffen, da die Spitzel des Agrippa nachlässiger geworden waren.

Arivinus nahm Brot, segnete es, brach es und reichte es in Christi Namen den Gästen.

Cornelia betete für Fritho, den sie immer stärker herbeiwünschte, je mehr Zeit verrann. Vielleicht, Herr, betete sie, lässt du ihn nicht als Schreckensboten kommen, sondern nur – zu mir.
Die anderen erflehten Hilfe gegen die Härte des Decius. Und kaum einer war unter ihnen, der das Martyrium nicht gefürchtet hätte . . .

Vergrabt die Götter

Die Monate verliefen im Alltagstrott und ohne besondere Aufregungen. Agrippa lebte sich ein, der Domina Livia Augusta blieb das Grenzgebiet finsterste Provinz und das einfache Leben zum Sterben langweilig.

Dann blieben die alemannischen Rauchsäulen aus und stiegen auch nach langer Pause nicht mehr auf.

Da unterhielt sich Agrippa mit Arivinus und der Decurio versprach dem Präfekten die Warnung des alemannischen Jungen sofort zu melden.

»Bist du nicht selbst Alemanne?«, lauerte Agrippa.

»Graf Geros Leute würden nicht einmal Frauen und Kinder schonen«, sagte Arivinus. »Meine Frau war Römerin. Das ist Grund genug für mich, dir – wenn es so weit ist – Bescheid zu geben.«

»Du schwörst es, Decurio?«, fragte Agrippa.

Arivinus nickte. »Ich schwöre es, Präfekt.«

Agrippa beugte sich dicht zu ihm und flüsterte: »Meinst du, dass es Zeit wird, bestimmte Kostbarkeiten in Sicherheit zu bringen?«

»Ich rate dir dazu, sobald der Schnee weggeschmolzen und der Boden nicht mehr gefroren ist«, antwortete Arivinus ebenso leise. »Ich rate dir aber auch es heimlich zu tun, wenn du eine Panik in der Siedlung vermeiden willst.«

Den ganzen Tag über war der Präfekt sehr nachdenklich gestimmt . . .

In der nächsten Zeit schickte Livia Augusta mit Sonderkurieren ihres Mannes immer wieder Päckchen an eine Freundin in Rom. Sie enthielten den kostbarsten Schmuck der Domina, aber auch Goldstücke, wertvolle Plastiken und Gefäße. Von diesen Sendungen wusste nur ihr Gemahl.

Der Hammerschädel schrieb Grüße aus Rom und berichtete, dass er eine hübsche, kleine Villa am Stadtrand bewohne. Dem Arivinus schrieb er, dass er und Tullia Severa bei Bekannten und Freunden leider vergeblich nach der bewussten Dame geforscht hätten. Ihre Spur sei verloren gegangen.

Arivinus wusste, dass seine Frau Octavia gemeint war. Jetzt gab er die letzte Hoffnung auf. An diesem Abend fiel es ihm schwer, »Dein Wille geschehe« zu beten ...

Als der Schnee geschmolzen und der Boden aufgetaut war, befahl der Präfekt die Schätze zu vergraben, die dem Staat gehörten: die Kostbarkeiten aus dem Fahnenheiligtum des Kastells. Er betraute damit verlässliche Legionäre unter dem Befehl des Decurio Arivinus. Der Priester des Mars, den Agrippa ins Vertrauen ziehen musste, war einverstanden.

»Vergrabt die Götter«, witzelten die Legionäre.

Arivinus hatte das Kommando ohne Zögern angenommen. Er sah in den Figuren und Reliefbildern keine göttlichen Wesen, sondern Wertstücke, die es vor barbarischem Zugriff zu verbergen galt.

»Im Heiligtum bleiben die Fahnen, die uns im Kampfe

voranwehen werden«, entschied der Präfekt, »dazu die Statue des Mars und die Büste des göttlichen Decius. Sie sind die Hauptgötter und werden uns helfen, wenn wir Beistand brauchen. Vergrabene Götter können das nicht.«

Arivinus ließ die fußhohen Götterstatuen, die kostbaren Silberbleche mit den eingehämmerten Göttinnen- und Götterbildern, die bronzenen Gesichtsmasken, kleinere Gefäße, eine Schnellwaage und ein Weinsieb in große Bronzeeimer packen, diese mit Bronzeschalen abschließen und jeden Eimer in festem Sackleinen verschnüren. In weiteren Säcken verstauten die Legionäre eine Bronzelampe mit Ständer, einen Klappstuhl mit kunstvollen Beschlägen, einen eisernen Dreifuß, Ketten, Wurfbeile und Werkzeuge. Auch diese Gegenstände gehörten zum Tempelschatz. Es waren Weihegaben des Militärs, wohlhabender Händler und reicher Bürger. Mehr als einhundertfünfzig Stücke verschwanden in den Säcken. Nach Ansicht des Präfekten und des Marspriesters genügte dieser Schutz. Der Schatz würde nicht lange vergraben bleiben und gleich nach dem siegreichen Kampf aus der Erde geholt werden.

In einer dunklen Nacht vergruben die Legionäre des Arivinus den Schatz in der Nähe der großen Therme, nicht weit vom Lager entfernt. Den Platz hatte der Decurio ausgesucht. Hier war der Boden erst in größerer Tiefe steinig. Das Aufgraben ging leicht.

Die Schatzeingräber beeilten sich und schafften es bis

zur Morgendämmerung. Abgeschirmte Lichter verrieten sie nicht. Im ersten Grau des Tages war kaum zu erkennen, dass hier gearbeitet worden war. Arivinus hatte die abgestochenen Grasplatten genau wieder einsetzen und die Stichstellen verdecken lassen. Die Legionäre hatten Sand auf das »Grab« gestreut und diesen und das Gras mit Baumästen über die »Nähte« gekehrt.

Im ausgeräumten Heiligtum schworen sie dann bei Mars und Decius keinem Menschen den Ort zu verraten, an dem sie die Götter vergraben hatten. Arivinus brauchte nicht zu schwören. Agrippa nahm sein Versprechen als Schwur.

Gegen Mittag wanderten der Präfekt, der Priester und der Decurio wie beiläufig zur großen Therme. Sie stellten fest, dass die Legionäre gute Arbeit geleistet hatten. Kein Uneingeweihter würde das »Grab« erkennen.

»Sie ruhen nur eine kleine Weile«, sagte der Priester. »Dann werden wir sie auferwecken und in feierlichem Zug ins Heiligtum zurücktragen.«

Entscheidungen

Nach der Schneeschmelze kamen die Alemannen wieder. Reitertrupps preschten aus dem Wald, jagten in Richtung Limes und verschwanden, als Pfeile flogen.
Zu Erkundungsritten ins Feindgebiet meldeten sich Legionäre kaum noch freiwillig, seitdem eine Strafexpedition kläglich gescheitert war. Von hundert Reitern war nicht einmal die Hälfte zurückgekommen, davon die meisten verwundet. Aus dem nächsten Legionslager durfte Agrippa keine Hilfe erwarten; die hatten dort selbst gegen alemannische Übergriffe zu kämpfen.
Aus Rom kam die Nachricht, dass der göttliche Decius die endgültige Vernichtung des Christentums befohlen habe. Den Christen, hieß es, drohten härtere Strafen als je zuvor. Noch war es ein Gerücht, aber Arivinus zweifelte nicht daran. Es würde nicht lange dauern, bis wieder ein kaiserlicher Beauftragter erschien, um tödliche Befehle zu überbringen.
»Herr«, betete Cornelia, »lass Fritho kommen!«
Arivinus, der eben ins Atrium trat, hörte es. »Ich weiß nicht mehr, ob die Alemannen unmenschlicher sein würden als der göttliche Kaiser«, sagte er bedrückt. Dann strich er Cornelia übers Haar. »Liebst du diesen Fritho vielleicht?«
Das Mädchen zuckte die Achseln. »Ich weiß es nicht, Va-

ter. Zuerst tat er mir Leid, weil er gekreuzigt werden sollte und weil er hinkte. Dann mochte ich ihn, weil er offen und ehrlich redete und weil er gute Augen hat. Als er nach drüben verschwand, tat es mir weh.«

»Strafe ihn, Herr!«, stieß Arivinus hervor.

»Fritho, Vater?!«, rief Cornelia entsetzt.

»Den Kaiser«, sagte Arivinus hart, »den so genannten göttlichen Decius, der mich die Alemannen fast herbeiwünschen lässt!« Dann verneigte er sich vor dem Fisch und murmelte: »Verzeih, Herr. Ich habe nicht das Recht, zu verdammen.«

Um die Mitte des Sommers galoppierte ein Reiter auf staubigem Pferd in den Hof des Kastells. Der göttliche Decius, meldete er, sei im Kampf gegen die Goten gefallen.

Ihm folgte ein zweiter Kurier. Kaiser des Römischen Reiches, verkündete er, sei nun der edle Trebonianus Gallus.

Der neue Kaiser bestimmte unter anderem, dass sein Vorgänger Decius nicht länger als Gott zu verehren sei und dass die Christen zu ihrem Nazarener beten dürften, solange sie dies nicht in der Öffentlichkeit täten und andere aufforderten ihrer sonderbaren Gemeinschaft beizutreten.

Der Priester des Mars, der auch Priester des Decius war, nahm die Büste des Entgöttlichten vom Sockel und übergab sie dem Silberschmied. »Kannst du den Decius einschmelzen?«, fragte er.

»Sicher«, sagte der Silberschmied. »Hat ausgedient, wie?«
Der Priester nickte. »Sic transit gloria mundi«, meinte er gelassen. (»So vergeht der Ruhm der Welt.«)
»Was soll ich daraus machen?«, erkundigte sich der Meister.
»Einen Barren«, sagte der Priester, »keine Figur. Vielleicht wird der neue Kaiser auch ein Gott, dann brauchen wir das Metall wieder.«
»Beim Einschmelzen und Wiederschmelzen geht einiges verloren«, gab der Silberschmied zu bedenken.
»Na, wennschon«, meinte der Priester, »dann wird der neue Gott eben kleiner.«
So kam Decius ins Feuer . . .
Mit gemischten Gefühlen sah der Präfekt Agrippa der Zukunft entgegen. Immerhin war er mit Decius verwandt gewesen.
Livia Augusta beruhigte ihn: »Auf deinen Posten in diesem gottverlassenen Winkel drängt sich bestimmt niemand, der vorwärts kommen möchte. Unter Decius wäre er dein Sprungbrett gewesen. Jetzt musst du ihn wohl als Lebensstellung betrachten und auch noch dankbar dafür sein. Einige Freunde des Decius hat der neue Kaiser schon umbringen lassen. Dir, davon bin ich überzeugt, droht diese Gefahr nicht.«
So war es.
In immer kürzeren Abständen galoppierten Kuriere heran. Einer bestätigte dem Agrippa das Kommando über

die Ala am Limes. Bei Kaiser Trebonianus liege nichts Nachteiliges gegen ihn vor, bemerkte er gönnerhaft. Livia Augusta lud ihn zu einem Gastmahl ein und tags darauf verabschiedete er sich begeistert.

»Trebonianus wird dich nicht weiter belästigen«, sagte die Augusta zu ihrem Gemahl.

Sie behielt Recht ...

Aus allen Wolken fiel der schöne Publius. Seine Octavia erklärte ihm, dass er ihr schrecklich Leid tue. Aber sie könne sich nicht an einen Mann binden, der unter dem neuen Kaiser wohl kaum Feldherr werden dürfte. »Sei vernünftig, Publius«, sagte sie und klimperte mit den künstlichen Wimpern. »Dass Decius dich bevorzugt hat, ist keine Empfehlung mehr. Es wäre das Beste, wenn du dich nach einer Dame aus der Umgebung des Trebonianus umsehen würdest und ich mich nach einem Offizier aus seinem Stab.«

»Aber Octavia!«, rief der schöne Publius.

Sie lachte. »Meinst du wegen der Liebe? – Aber, aber, mein Lieber! Wichtig ist der Luxus, den du mir bieten könntest. Der ist jetzt gleich null. Also sei gescheit und sieh dich nach einer anderen um.«

Er brauchte es nicht zu tun. Der neue Kaiser entschied für ihn. Publius wurde zum Offizier befördert und an die gotische Front versetzt.

Octavia verabschiedete ihn mit ihrem schönsten Lächeln. Neben ihr stand ein Centurio des Trebonianus, der vor wenigen Tagen an den Limes abgeordnet worden war.

Und plötzlich stiegen wieder Rauchsäulen bei den Alemannen auf!
»Was für eine verrückte Welt«, brummte Agrippa.
»Was für eine primitive Welt!«, klagte Livia Augusta.
Cornelia wartete auf Fritho . . .

Zwischenzeit

Die Legionäre kamen kaum mehr zur Ruhe. Die Alemannen ritten jetzt nicht mehr nur Scheinangriffe, sondern in kleineren Trupps gefährliche Überfälle. Blitzschnell spielte sich alles ab. Ein kluger Anführer schien die Planung übernommen zu haben.

»Graf Gero!«, zischte der Präfekt Agrippa, wenn ihm Entführungen römischer Soldaten gemeldet wurden. Er zischte den Namen immer häufiger. Die Ausfälle mehrten sich.

Drüben stieg weiterhin Rauch auf.

Vergebens wartete Cornelia auf Fritho; er gab kein Lebenszeichen.

In der Siedlung sprach sich herum, dass im Heiligtum des Kastells nur mehr die Statue des Gottes Mars unter den Fahnen der Ala stehe. Die Männer der Zivilverwaltung redeten den Priester daraufhin an und dieser gestand ihnen unter dem Siegel der Verschwiegenheit, dass der Tempelschatz an einem geheimen Ort aufbewahrt werde. »Nur für alle Fälle«, versicherte er. »Noch besteht keine Gefahr.«

»Aber sie ist möglich«, meinte der Ortsvorsteher.

»Nichts ist *unmöglich*«, sagte der Priester.

In den nächsten Wochen und Monaten versuchten Ängstliche und Vorsichtige ihre Häuser zu verkaufen. Zwei Familien zogen mit Kind und Kegel in den sicheren

Süden; andere vergruben Wertsachen, wie die Legionäre des Arivinus den Tempelschatz vergraben hatten.
Einige Fremde wanderten aus dem Süden zu, meist ehemalige Legionäre und Abenteurer. Die gefallenen Grundstückspreise und billig zum Verkauf stehende Häuser lockten sie an.
Im Spätherbst, als die alemannischen Angriffe immer gefährlicher wurden, erhielt Agrippa Ersatz: zweihundertfünfzig Reiter aus der Provinzhauptstadt Augusta Vindelicum. Sie füllten die zusammengeschrumpfte Ala auf.
Immer deutlicher war die Absicht des Grafen Gero zu erkennen. Durch ständige kleine Gefechte wollte er die römische Grenzmacht so schwächen, dass sie dem Hauptangriff kaum noch Widerstand leisten konnte.
Zweihundertfünfzig Reiter aus der Hauptstadt vereitelten fürs Erste diese Hoffnung.
Früh brach der Winter ein.
Er wurde im Kastell und in der Siedlung begrüßt, denn er bedeutete eine Atempause. Im hohen Schnee kamen nicht nur römische, sondern auch alemannische Pferde und Soldaten kaum vorwärts.
Die Überfälle schliefen ein.
Nur selten stiegen Rauchsäulen über den alemannischen Wald hinaus. Sie wurden nicht unterbrochen, waren also nur Wegweiser.
Für neuen Zuzug aus dem Norden?
Für Verirrte?

Für Jäger, die auf Schneeschuhen dem Wild nachstellten?
Die Römer wussten es nicht. Nicht einmal Arivinus, der eigentlich Eriwin hieß und als Alemanne geboren war, wusste es.
Mitten im tiefsten Winter reiste Livia Augusta, die Gattin des Präfekten Agrippa, zusammen mit der Dame Octavia nach Rom, »um endlich wieder einmal in zivilisierte Kreise zu kommen«. Die Damen fuhren im Pferdeschlitten ab, hoch beladene Packschlitten folgten. Den Begleitschutz bildeten zehn Legionäre unter dem Kommando des Centurio, den Kaiser Trebonianus an den Limes abgeordnet hatte. Octavia hatte ihn von Agrippa als Beschützer erbeten.
Der Präfekt war mit dem Urlaub seiner Gemahlin einverstanden und atmete auf, als sie wegfuhr. In letzter Zeit war sie ihm mit ihren ewigen Nörgeleien über das langweilige Provinzdasein und mit ihren Vorwürfen, dass sie, eine Königstochter, den falschen Mann geheiratet hätte, arg auf die Nerven gefallen. Er winkte ihr nach, bis die Schlitten verschwanden, dann genehmigte er sich den besten Wein, den er im Keller hatte: fünfzehn Jahre alten Roten aus dem italischen Süden.
Er leerte eine ganze Amphore.
Die Domina würde erst zurückkehren, wenn der Schnee am Limes geschmolzen war.
Hatte sie gesagt.
Dem Präfekten war der Schnee sehr sympathisch. Er

wünschte ihm eine lange Lebensdauer. Nicht nur wegen der Alemannen, die jetzt kaum angreifen konnten ...

Als es am Limes keinen Schnee mehr gab, kehrte Livia Augusta trotzdem nicht zurück. Sie hatte sich erkundigt, ob die Barbaren schon wieder ihre schauderhaften Angriffe gegen die Grenzmauer ritten; und als der Bote bejahte, befahl sie ihm: »Bestelle meinem Gemahl, dass ich zurückkehren werde, sobald er den Barbarenhorden Respekt beigebracht hat.«

Etwas Gutes kam auch dabei heraus. Als Angehörige eines Königshauses genoss Livia Augusta auch im Rom des Trebonianus großes Ansehen in einflussreichen Kreisen. Agrippa erfuhr es als Überraschung. Er wunderte sich nicht wenig, als er plötzlich dreihundert weitere Reiter als Verstärkung erhielt. Dabei hatte er sie nicht angefordert. Die alemannischen Überfälle nahmen zwar von Monat zu Monat zu, aber dreihundert Mann Verstärkung hätte er nie zu erbitten gewagt.

Einer der Centurionen, die mit den neuen Legionären gekommen waren, überbrachte Grüße und gute Wünsche von Livia Augusta.

Der Präfekt bedankte sich ...

Die Überfälle blieben, wurden alltäglich. Die Legionäre stellten sich auf die Taktik der Alemannen ein und schlugen zu, wenn diese es nicht erwarteten. Es gab Opfer auf beiden Seiten. Der Angriffskampf wurde zum Stellungskrieg.

Weiterhin verschwanden Legionäre.

Als es auf den Herbst zuging, blieb der Rauch wieder aus.
Jetzt wird er kommen, dachte Cornelia, freute und fürchtete sich. Während der Gottesdienste, zu denen die Christen in verschiedenen Häusern zusammenkamen, betete sie um das Wiedersehen und dass die Gefahr nicht folgen möge.
Die Worte des Herrn verkündete nicht mehr der Decurio Arivinus, sondern ein geweihter Priester, den Cornelius, der Bischof von Rom, nach Rätien gesandt hatte.

Der Schalk

Der Winter brachte Ruhe, nach der Schneeschmelze begannen die Überfälle von neuem.
Der Rauch blieb aus, es wurde ernst.
Römer und Kelten fühlten es, fürchteten sich davor und waren trotzdem erleichtert. Besser eine Entscheidung als dauernde Ungewissheit!
Agrippa riet seiner Gemahlin in Rom zu bleiben.
Glabrio wurde bei einem Zusammenstoß mit Alemannen gefährlich verwundet. Zwei Legionäre retteten ihn vor der Gefangenschaft. Im Kastell nahm ihm der Arzt den rechten Arm ab. Glabrio biss die Zähne zusammen und schluckte die Hoffnung hinunter jemals Kommandant einer Ala zu werden.
»Glaubst du, dass Fritho jetzt kommen wird?«, fragte Cornelia den Vater.
»Ich fürchte es«, sagte Arivinus. »Ich werde ein Pferd und einen Wagen bereitstellen. Überleg, was wir mitnehmen müssten. Es darf nur das Nötigste sein. Im Notfall bedeutet Geschwindigkeit überleben.«
»Dann werdet ihr also nicht kämpfen?«, fragte Cornelia mehr erleichtert als enttäuscht.
»Doch«, antwortete Arivinus, »aber Kampf und Flucht liegen dicht beieinander. Ich kenne die Alemannen. Lass dir von Nero helfen.«
Cornelia und Nero brauchten nicht lange nachzuden-

ken. Arivinus hatte keine Reichtümer gesammelt. Einen Teil seines Soldes hatte er regelmäßig armen Schluckern zukommen lassen und damit, wie er sagte, »etwas Kapital fürs Jenseits zurückgelegt«.

Einen kleinen Beutel mit Gold- und Silberstücken trug er immer bei sich ...

Und Fritho kam.

Einer unfreundlichen Spätsommernacht folgte ein stürmischer Morgen. Windstöße heulten um die Mauern und rissen Äste und Zweige von den Bäumen.

Die Wächter am Limes wickelten sich fester in ihre Mäntel und duckten sich hinter Stein- und Holzwänden. Vor einer überraschenden Inspektion durch Präfekt Agrippa waren sie sicher ...

Zwischen zwei heulenden Sturmböen klopfte es an die Haustür des Arivinus.

Nero schlurfte zur Pforte und fragte, wer da sei.

Er bekam keine Antwort, aber es klopfte weiter.

Da öffnete er die Tür einen Spaltbreit.

Ein römischer Legionär stand vor ihm. Den Helm hatte er tief in die Stirn gezogen. Seine Kleider waren völlig durchnässt, sein Mantel verschmutzt.

»Was willst du?«, fragte Nero.

Der Legionär schüttelte den Kopf, legte den Finger an die Lippen, deutete auf sich und flüsterte: »Fritho.«

Nero zog ihn ins Haus, verriegelte die Tür, führte ihn ins Atrium und bedeutete ihm durch Zeichen Platz zu nehmen.

»Cornelia«, sagte Fritho, dann redete er hastig in fremder Sprache.
Nero verstand kein Wort. Er nickte dem Fremden zu und verschwand, um Arivinus und Cornelia zu holen. Es war früh am Tag, der Decurio hatte seinen Dienst noch nicht angetreten.
Arivinus und Cornelia kamen sofort.
Fritho stand auf und verneigte sich. Er hatte den römischen Helm abgenommen und strich sich verlegen über die schweißnassen Haare.
Er ist älter geworden, dachte Cornelia, aber es steht ihm gut; auch der Bart, der ihm gewachsen ist. Aber seine Augen sind trübe und auf seiner Stirn sind Falten, die noch lange nicht dorthin gehören. Er muss Schweres erlebt haben.
»Cornelia«, sagte Fritho.
»He«, brummte Arivinus. »Himmelt einander später an. Jetzt geht es um Wichtigeres.« Er sagte es in Frithos Dialekt.
»Ist das dein Vater?«, fragte Fritho.
Cornelia nickte. »Sein alemannischer Name ist Eriwin.«
Da redete Fritho nur noch mit dem Decurio. »Es ist so weit«, begann er. »Graf Gero führt die Krieger der vereinigten Stämme an. Sie haben beschlossen weder Frauen noch Kinder zu schonen, damit keine Rächer heranwachsen. Flieht, so schnell ihr könnt! Widerstand ist zwecklos. Auf jeden eurer Legionäre treffen drei Krieger des Grafen.«

Arivinus stellte keine Fragen. »Ich verständige den Präfekten«, sagte er, warf den Mantel um, zog die Kapuze über den Kopf und eilte aus dem Hause.

»Packt das Wichtigste zusammen!«, drängte Fritho. »Es ist allerhöchste Zeit!«

»Ich kümmere mich um Pferd und Wagen und verlade das Vorbereitete«, sagte Nero und lief hinaus.

»Ich habe lange auf dich gewartet, Fritho«, sagte Cornelia.

Er entschuldigte sich verlegen. »Ich war gefangen, ich konnte nicht weg. Aber es bestand ja auch keine Gefahr für euch – bis heute.«

»Erzähl«, bat Cornelia.

Er winkte ab. »Später, jetzt ist nicht die Zeit dazu. Wirf deinen Mantel über und komm mit!« Er hinkte zur Tür und horchte nach draußen. »Der Sturm lässt nach«, sagte er, »das ist gut für sie.«

»Wir warten auf Vater«, entschied Cornelia. »Und du, Fritho – du kommst doch mit uns?«

»Ich komme mit«, versprach er. »Es ist kein Verrat an meinem Volk. Es hat mich ausgestoßen und zum Knecht gemacht.« Er lachte bitter. »Mit dem Hinken fing's an, die Verachtung gab mir den Rest.«

»Ich verstehe dich nicht«, sagte Cornelia hilflos.

Wieder drängte er zur Eile.

Cornelia lief in den Nebenraum, ließ die Tür offen stehen, bereitete sich auf die Flucht vor und hörte zu.

Fritho hinkte im Atrium auf und ab und erzählte in Umrissen. Drei Jahre flogen vorüber.

Wie damals beim Verhör wird Vergangenes zur Gegenwart ...

Fritho, dem Cornelia zur Flucht verholfen hat, steht vor dem Vater und anderen alemannischen Edelingen. Die Männer sitzen auf fellbelegten Bänken, neben dem Vater Ulf, Frithos Bruder. Fritho beißt die Zähne zusammen. Hundemüde ist er zurückgekommen, doch niemand fordert ihn zum Sitzen auf.

»Du bist lange weggeblieben«, sagt der Vater. »Ulf, den ich dir zu deinem Schutz mitgeben wollte, verlor dich aus den Augen. Wo ist der römische Anführer, den du mir gefangen bringst?«

Es ist unverhüllter Spott. Jeder im Dorf hat gesehen, dass Fritho allein herangehinkt ist.

Bruder Ulf grinst hämisch.

»Ich werde euch berichten, was geschehen ist«, sagt Fritho mühsam beherrscht.

»Die Wahrheit?«, spöttelt Ulf, den es wurmt, dass ihm der Hinkefuß entkommen ist.

Fritho möchte sich auf ihn stürzen, nimmt sich zusammen und nickt ihm zu. »Die Wahrheit, kleiner Bruder«, antwortet er und betont das Wort »kleiner« besonders.

»Wir hören«, sagt Graf Gero.

»Wir hören«, sagen die Edelinge.

Fritho erzählt: vom römischen Anführer im Haselstrauch; von der Gefangennahme durch dessen List; von der Lüge des Römers beim Verhör; von dem Mädchen, das Frithos Sprache in die der Römer und das Lateinische in Frithos Sprache übersetzte; und dass dieses Mädchen ihm zur Flucht verholfen und vor dem Tod am Kreuz gerettet hat. Den Durchschlupf im Limes verschweigt er.

»Was hast du dem Mädchen versprochen?«, erkundigt sich Graf Gero.

»Cornelia forderte nichts von mir«, antwortet Fritho. »Aus Dankbarkeit versprach ich sie zu warnen, wenn ihr Gefahr drohen sollte.«

Die Edelinge sehen einander an. Bruder Ulf pfeift durch die Zähne, Graf Gero reckt sich auf. »Gefahr von unserer Seite?«

Fritho nickt.

»Nur aus Dankbarkeit?«, höhnt Ulf.

»Halt den Mund!«, fährt Fritho ihn an.

Ulf lacht hämisch. »Du könntest dich ja in die Römerin vergafft haben, Bruderherz. Aber weil sie eine Römerin ist, wäre deine Warnung – Verrat! Vielleicht auch Verrat aus Rache, weil *ich* jetzt mehr gelte als du, seitdem du kein vollwertiger . . .«

Graf Gero unterbricht ihn. »Schweig, Ulf! Um Humpeln und Hinken geht es jetzt nicht.« Er atmet heftig, ballt die Fäuste, öffnet sie, spreizt die Finger und verkündet: »Der Verrat bleibt!« Sein Gesicht ist wie versteinert, als er die Männer fragt: »Was steht auf Verrat?« Mit aller Anstrengung unterdrückt er das Zittern in seiner Stimme. Fritho hört es trotzdem.

»Der Tod«, murmeln die Edelinge.

»Welcher Tod?«, fragt Gero weiter.
»Der Tod am Strick am schaukelnden Ast«, murmelt der Chor.
Das hat Bruder Ulf nicht gewollt. »Nein!«, ruft er. »Hängen dürft ihr ihn nicht!«
Graf Gero weist ihn hinaus.
Fritho lacht bitter. »Ich fürchte den Tod nicht mehr. Das unwürdige Leben unter euch ekelt mich an. Cornelia wird mir verzeihen, dass ich mein Versprechen nicht halte. Bestimme den Ast, Graf Gero.«
Das Thing, die Gerichtsversammlung der waffenfähigen Männer, mildert den Spruch der Edelinge ab. Fritho behält das Leben, verliert jedoch die Rechte eines Edlen und alle Rechte der Freien. Graf Gero stößt ihn aus Sippe und Familie. Fritho wird Knecht auf dem Hof eines Freibauern. Dieser haftet mit seinem Besitz, dass sich der Schalk Fritho nicht über die Gemarkung des Hofes hinaus entfernt.
Fritho lebt härter als die anderen Knechte, die ihn argwöhnisch bewachen. In Wirklichkeit ist er ein Gefangener, dem lediglich die Ketten erspart bleiben. Er beißt die Zähne zusammen und hält Augen und Ohren offen. Er beobachtet, wie Geros Rauchzeichen alemannische Sippen zum Limes locken; wie die Neuen nur notdürftig den Wald roden, um Hütten auf Zeit zu bauen. Er hört, dass sie darauf brennen, gegen die römische Mauer zu stürmen, Römer und Kelten zu vertreiben, um Überfluss aus fruchtbarer Erde und Wohlleben in römischen Häusern zu genießen.

Er fürchtet für Cornelia. Obwohl er am Leben geblieben ist, scheint es ihm immer schwerer zu werden, sein Versprechen einzulösen.
Immer mehr alemannische Familien aus Nord und Ost folgen Graf Geros Ruf. Immer misstrauischer beobachten die Leute des Freibauern den Hinkefuß.
Überfälle bringen römische Gefangene ein. Die römischen Uniformen werden an Alemannen verteilt.
Fritho erkennt die Absicht: Als Legionäre verkleidet, sollen alemannische Krieger zum Limes reiten, die Wächter täuschen, überrumpeln und der Hauptmacht Breschen für den Ansturm freihauen . . .
In dieser unfreundlichen Spätsommernacht ist es so weit. Ein Reiter des Grafen Gero alarmiert den Freibauer, auf dessen Hof der Knecht Fritho dient. Fritho erwacht durch den Lärm und erfährt durch geschicktes Fragen die Botschaft: »Sofort Aufbruch zum Großangriff!«
Im Durcheinander gelingt es ihm, die Uniform eines römischen Gefangenen zu stehlen und sich davonzuschleichen. Aus einer Koppel holt er ein Pferd. Ohne Sattel und Zaumzeug prescht er durch die Regennacht. Er überlässt es dem Pferd, den Weg zu finden, und achtet nur darauf, dass es die Richtung beibehält.
Wie lange er reitet, weiß er nicht; er verliert das Gefühl für die Zeit.
Irgendwann sieht er Fackelschein und erkennt Reiter in römischen Uniformen. Ihre Sprache verrät ihm, dass sie

verkleidete Alemannen sind. Er schlägt einen weiten Bogen, erreicht den Waldrand, springt ab und lässt das Pferd laufen. Als Römer verkleidet, schwindelt er sich an alemannischen Wachen vorüber.

Die Götter sind ihm gnädig. Ungefährdet erreicht er den Schmugglertunnel im Limes. Die Lichter auf der Plattform des Torturms und qualmender Fackelschein, den patrouillierende Legionäre vor dem Regen schützen, haben ihm den letzten Teil des Weges zur Mauer gewiesen.

Die Götter stehen ihm auch auf rätischem Boden bei. Im Morgengrauen lassen sie das Unwetter zum Sturm werden. Einige römische Soldaten und Zivilisten hasten an Fritho vorbei, ohne ihn zu beachten. Wozu auch? Seine Uniform weist ihn als einen der Ihren aus und in ein fremdes Gesicht guckt niemand bei diesem Hundewetter.

Fritho rennt gegen den Sturm.

»Ich darf nicht zu spät kommen!«, keucht er immer wieder vor sich hin.

Er findet das Haus, in dem Cornelia wohnt, und klopft an die Tür. Nero lässt ihn ein.

Alemannensturm

Das Unwetter ließ nach, der andere Sturm brach los. Hörner und Kriegstrompeten schmetterten in den düsteren Morgen hinein. Im Kastell dröhnten Gongschläge dazwischen.

Alarm! – Alaarm!! – Alaaaaaaaarm!!!

Auf der Straße gellte Geschrei.

Cornelia stürzte ins Atrium.

»Komm schnell!«, rief Fritho und packte sie am Arm.

»Alles bereit«, meldete Nero.

»Wir warten auf Vater«, bestimmte Cornelia.

Die Trompeten schmetterten, die Hörner heulten . . .

Der verkleidete alemannische Vortrupp hatte die Wächter am Limes überrumpelt und Breschen geschlagen. Jetzt stürmte Graf Gero mit seiner Hauptmacht in rätisches Land.

Als Arivinus den Präfekten verständigt und dieser die Ala im Kastell alarmiert hatte, waren die Alemannen gefährlich nahe gekommen.

Dass das Unwetter nachließ, nahmen sie als günstiges Zeichen des Thor. Neben Graf Gero ritt Ulf, Frithos Bruder . . .

Mit Gewalt schleppten Nero und Fritho das Mädchen Cornelia ins Freie. Sie wehrte sich und schrie verzweifelt nach dem Vater.

Schon war Kampflärm in der Nähe. Aus dem Kastell

und den ersten Häusern davor krachten Waffenhiebe, gellten Schreie und schlugen Flammen.
»Vater!«, schrie Cornelia.
Nero hob sie auf den gepackten Wagen. Aufgeregt trippelten die Gäule im Geschirr. Cornelia wehrte sich verzweifelt. »Auf Vater warten!«, schrie sie. »Auf Vater warten!«
Fritho versuchte sie zu beruhigen. Sie stieß ihn von sich und Nero hatte Mühe, die Pferde am Durchgehen zu hindern.
Feuer und Waffengeklirr kamen immer näher, Römer und Alemannen schrien durcheinander.
Nero schwang sich auf den Bock des Wagens und hob die Peitsche. »*Du* musst leben, Cornelia!«, rief er. »Das hat dein Vater befohlen!«
»Er muss kämpfen!«, schrie Fritho in den Lärm. »Willst du, dass er davonläuft?!«
»Jaaa!«, schrie Cornelia zurück.
Da schleppten ihn zwei Legionäre heran, die selbst verwundet waren. Arivinus war bewusstlos und blutete entsetzlich. »Legt ihn in den Wagen!«, rief Nero. »Da ist auch für euch Platz! Los, macht schnell! Du, Cornelia, verbinde ihn! Zerreiß die neue Tunika zu Verbänden!«
Die verwundeten Legionäre handelten rasch. Es dauerte nur wenige Augenblicke, bis sie Arivinus auf das Gepäck gelegt hatten und neben ihm saßen.
Cornelia zerriss die Feiertagstunika ihres Vaters. Nero hatte sie obenauf gelegt, damit sich sein Herr nach dem

Sieg über die Alemannen in festlichem Gewande zeigen konnte.
Fremde Reiter waren plötzlich da, Männer mit gehörnten Helmen und Tierfellen um die Schultern.
Fritho entriss Nero die Peitsche und schlug auf die Zugpferde ein. »Hüüü!«, schrie er. »Hüüüüüü!!«
Die Gäule bäumten sich. Fritho schlug noch einmal zu. »Hüüüüü!!« Da donnerten sie los. Fritho warf Nero die Peitsche zurück. Der Schwarze fing sie auf, dann musste er mit aller Kraft in die Zügel greifen.
»Fritho!«, schrie Cornelia gellend. »Frithooooo!!!«
Sie sah, dass er sich einem alemannischen Reiter entgegenwarf, dessen Pferd am Zügel packte und . . .
»Nein«, stöhnte sie, »nein – nein – nein . . .«
Der Krieger hielt Fritho für einen römischen Legionär. Unter dem Hieb der alemannischen Streitaxt brach Fritho zusammen.
»Neiiinnn!!!«, schrie Cornelia. Die verwundeten Legionäre hielten sie davor zurück, sich aus dem Wagen zu stürzen.
»Kümmere dich um deinen Vater!«, rief Nero. »Hilf *ihm!* Dem alemannischen Jungen kannst du nicht mehr helfen!« Mit heftigen Peitschenschlägen trieb er die Pferde zum Galopp. Holpernd stob der Wagen aus der Siedlung hinaus und in die Heerstraße hinein. Funken stoben aus dem Pflaster.
Zurück blieb der Untergang.
Immer höher schlugen die Flammen aus Kastell und

Siedlung. Cornelia sah Feuer und Rauch verschwommen. Das machten die Tränen.

Im Wagen stöhnte Arivinus.

Cornelia schluckte die Tränen hinunter und kümmerte sich um den Vater.

Drei Jahre später

Drei Jahre später machte sich die vornehme Gesellschaft der Weltstadt Rom über ein paar neue Verrückte lustig:

Da hatte ein gewisser Tuditanus – komischer Name! –, der am Stadtrand wohnte, ein Riesending an seine Villa anbauen lassen. Scheußlich sah das aus, wie eine gemauerte Scheune. So richtig verrückt.

In diesen scheußlichen Kasten nahm er Straßenkinder auf, elternlose Jungen und Mädchen. Die meisten waren Christenbälger, deren Väter und Mütter unter Kaiser Decius abhanden gekommen waren.

Dabei glaubten dieser Tuditanus – komischer Name! – und seine Frau Tullia Severa – auch komischer Name! – überhaupt nicht an den Nazarener.

Christen, hieß es, seien der ehemalige Decurio Arivinus, dessen Tochter Cornelia und der Sklave Nero. Dieser Arivinus, hieß es weiter, sei einem Gemetzel am Limes entkommen und die Ärzte hätten ihm ein Bein abnehmen müssen. Der Hammerschädel und seine Frau hatten den Decurio, das Mädchen und den Sklaven vor einiger Zeit aufgenommen. Dann hatten sie die scheußliche Scheune gebaut und jetzt sammelten sie Straßenkinder ein.

Der Einbeinige, unkten die Spötter, bemuttere die Jungen und Mädchen wie ein Großvater.

Hahahaaa!
Das Wortspiel »bemuttern wie ein Großvater« machte in der Gesellschaft die Runde und löste überall Heiterkeit aus.
Verrückt war auch, dass die bildhübsche Cornelia alle jungen Männer abblitzen ließ, die ihr schöne Augen machten und Schmeicheleien sagten. Zusammen mit dem Sklaven Nero betreute sie die Waisenkinder.
Als ob das eine Lebensaufgabe wäre!
Und über dem Eingang des komischen Kinderheims war in großen Buchstaben ein komischer Name eingemeißelt:

FRITHO

Da konnte man sich ja die Zunge brechen, wenn man das anständig aussprechen wollte.
Was da wohl dahintersteckte?
Ein sehr reicher Römer versprach hundert Goldstücke dem, der ihm die Bedeutung des Namens Fritho enträtselte.
Er erfuhr es nie. Die, die darum wussten, schwiegen.

Das Spargelbeet

Freitag, 19. Oktober 1979, kurz nach 15 Uhr.
Ein Weißenburger Hobbygärtner, der in der Nähe der großen restaurierten Römertherme ein Spargelbeet anlegen wollte, ahnte nichts von seinem Glück, als er mit der Spitzhacke einen vergrabenen Eimer anschlug.
Als er weitergrub, entdeckte er den bisher umfangreichsten »Römerschatz« in Bayern.
Für 1,8 Millionen D-Mark kaufte der Staat dem Gärtner und den Grundeigentümern die 156 (dem dritten nachchristlichen Jahrhundert entstammenden) Plastiken ab.
Im Kaufvertrag wurde festgelegt, dass der Schatz nach Beendigung der Restaurierungsarbeiten nach Weißenburg zurückkehrt.
Seit September 1983 ist er in dem Zweigmuseum zu bewundern, das die Prähistorische Staatssammlung München in Weißenburg eröffnet hat. Es sind die Kostbarkeiten, die damals nicht geborgen werden konnten, weil alle im Alemannensturm umkamen, die darum wussten.
Nur noch im Grundriss zu erkennen ist das ehemalige Römerlager »Castrum Biricianis«. Ein Turm dieses bedeutenden Kastells wurde stilgerecht wieder aufgebaut.
Ausgezeichnet erkennbar sind Anlage und Aufbau der römischen Therme, um deren Restaurierung sich ein ungarisches Team besonders verdient gemacht hat. Mit 65

mal 42,5 m überbauter Grundfläche gehörte dieses »Hallenbad« zu den größten Römerthermen im heutigen Frankenland. Becken und Stufen sind mit »Solnhofener Platten« belegt.

Eines der »Nebenkastelle«, die ich in meiner Geschichte erwähne, stand im benachbarten Ellingen.

Archäologen legten einen Teil der Mauer- und Torfundamente frei. Das Ellinger Kastell, 1,7 km vom Limes entfernt, beherbergte einen »Numerus« (eine Besatzung von etwa 200 Mann).

Grausige Funde lassen die wilden Kämpfe erahnen, in denen Römer und Alemannen etwa um 250 nach Christus aufeinander prallten: unter einer Straßendecke zertrümmerte Schädel junger Männer; in einem Brunnenschacht Gebeine von Menschen, Pferden, Ochsen und Hunden. Der Wissenschaftler Dr. Thomas Fischer bezeichnet diesen Fund als »Zeugnis für die Brutalität eines Alemanneneinfalls im dritten nachchristlichen Jahrhundert«.

In einem Grab des Alemannenfriedhofs bei Westheim (im Landkreis Weißenburg-Gunzenhausen) wurde ein Ring mit eingraviertem Kreuz gefunden. Sachverständige sind sich noch nicht einig, ob es sich um ein christliches Symbol oder nur um ein Modezeichen handelt.

Auf »Fritho« stieß ich 1981 in Rom. Ein Antiquitätenhändler im Bezirk Grotta Rossa (am nordöstlichen Stadtrand) bot mir »unter der Hand und zu einem Schleuderpreis, bei dem sich jeder Archäologe die Finger ablecken würde, eine Originalsteinplatte aus dem Jahre 256 mit eingemeißelter Originalinschrift« an.

Ich entzifferte die Schrift als »FRITHO«.

»Das ist kein lateinischer Name«, sagte ich.

Da erzählte er mir die rührende Geschichte eines alemannischen Jungen, der unter Einsatz seines Lebens ein römisches Mädchen vor der Barbarei seiner Landsleute gerettet hatte. »Außerdem hat er auch noch gehinkt«, versicherte er ernsthaft.

War es Wahrheit, eine alte Überlieferung oder die Erfindung eines geschäftstüchtigen Schlitzohrs?

Ich weiß es nicht. Ich kaufte ihm nicht die Platte, sondern ein Amulett aus dem 19. Jahrhundert ab (1842 nach Christus).

Ja – dann las ich in einem altgriechischen (mit »Chronos« gezeichneten) Bericht, dass ein ehemaliger Offizier des römischen Kaisers Decius ein Heim für christliche Waisenkinder gebaut hätte.

Aus Tatsachen, Rekonstruktionen, Überlieferungen, Legenden und Wunschdenken entstanden die »Feuer am Limes«.

Mögen sie nie wieder brennen.

Wort- und Sachverzeichnis

Ala ist in unserer Erzählung eine 1 000 Mann starke römische Reitertruppe. Ihr Kommandant (heute würde man Kommandeur sagen) war der Alenpräfekt (dem jetzt etwa ein Oberst entsprechen dürfte), vorübergehend auch ein Subpräfekt (heute etwa ein Major).

Alemannen (Alamannen) waren ein Bund germanischer Stämme suebischer Herkunft. Um 210 nach Christus siedelten sie erstmals im Gebiet zwischen Main und Limes. 253 überrannten sie die römische Mauer und das Castrum Biricianis (heute Weißenburg in Bayern). Ihre Nachkommen sind längst friedlich geworden: Schwaben in Deutschland, Vorarlberger in Österreich und deutschsprachige Schweizer.

Amphore (Amphora) war ein zweihenkeliger Krug, der nach unten spitz zulief. Gefüllt musste er halb eingegraben oder in einen Dreifuß gestellt werden. Verschlossen wurde die Amphore mit Harz, Gips oder Kork.

Arena: Kampfplatz im Stadion. Zur Römerzeit wurden hier (z. B. im Kolosseum in Rom oder im Amphitheater der norditalienischen Stadt Verona) nicht nur sportliche Wettkämpfe, sondern auch blutige »Spiele« zum Vergnügen der Zuschauer veranstaltet. Profikämpfer (Gladiatoren) schlachteten einander ab, wilde Tiere wurden auf »Verurteilte« gehetzt.

Atrium: Hauptraum des altrömischen Hauses

Augusta Vindelicum: Hauptstadt der Provinz Rätien (heute Augsburg)

Barbaren nannten die alten Römer fremde Völker, die ihnen durch andere (»barbarische«) Lebensweise und wilden (»barbarischen«) Kampfgeist Abneigung oder Furcht einflößten.

Bronze ist eine Legierung aus neun Teilen Kupfer und einem Teil Zinn.

In Buchenstäbe schnitten germanische Priester Zauberzeichen (Runen) ein. Dann warfen sie die Stäbe, »lasen« sie auf und prophezeiten aus ihrer Lage Zukunft und Schicksal. An die Zeichen in den Buchenstäben erinnern uns unsere »Buchstaben«, an Auflesen und Deuten das »Lesen«.

Centuro: römischer Offizier, Kommandant über hundert Soldaten

Decius war römischer Kaiser von 249 bis 251 nach Christus. Er löste eine der grausamsten Christenverfolgungen aus. Anfang Juni 251 fiel er bei Abrittus (im heutigen Rumänien) in einer Schlacht gegen die germanischen Goten.

Decurio: in unserer Erzählung ein römischer Unteroffizier, der zehn Mann befehligte

Domina: lateinischer Ausdruck für »Herrin«

Fisch: frühchristliches Symbol für Christus; oft als Tarnung gegen Verfolger verwendet

Jupiter, der Blitzeschleuderer, war der oberste Gott der alten Römer.

Kastell (lateinisch Castrum) war ein befestigtes Militärlager. Unter dem Schutz der Kastelle entstanden häufig römische Siedlungen, die sich im Laufe der Jahrhunderte zu Städten entwickelten.

Katakomben sind unterirdische Begräbnisstätten, in denen die Christen im zweiten bis vierten Jahrhundert ihre Toten bestatteten. Die Grabstellen liegen in vielen Gängen (oft stockweise) übereinander.

Kelten, ein indogermanisches Volk, beherrschten vor Christi Geburt große Gebiete in Europa und Kleinasien. Um 250 nach Christus war ihre Macht erloschen, ihr Volk starb aus. Über die Kelten berichte ich ausführlich in meinem Buch »Die Stadt der Pferdegöttin«.

Lateinisch redeten die alten Römer. Ihr Latein war von dem, das heute gelehrt wird, so verschieden wie etwa das »Kölsche« vom »Bayerischen«.

Legionär ist in unserer Geschichte ein römischer Soldat. Eine Legion bestand aus 6 000 Kriegern. Die Dienstzeit betrug in der Regel zwanzig(!) Jahre.

Limes hieß die über 500 km lange Grenzbefestigung, die römisch besetztes Gebiet vor germanischen Überfällen schützen sollte. Der »Obergermanische Limes«, ein Palisadenzaun mit Wall und Graben, reichte vom heutigen Andernach am Rhein bis Lorch in Württemberg. Von Lorch bis Eining (nahe Regensburg an der Donau) zog sich der »Rätische Limes«, eine 2,5 m hohe und 1,5 m breite Steinmauer. Hier spielt unsere Geschichte. Von Wachttürmen herunter bot sich ein weiter Blick ins germanische Land. In nahen Kastellen lagerten römische Soldaten, die bei Gefahr in kurzer Zeit eingreifen konnten. Der Baubeginn des Limes fällt in die zweite Hälfte des ersten nachchristlichen Jahrhunderts; ab der Mitte des dritten Jahrhunderts zogen sich die Römer von der Mauer zurück. Die rätische Anlage lief dann noch lange Zeit durch Täler und über Höhen. Abergläubische hielten sie später für ein Werk des Satans und nannten sie »Teufelsmauer«.

Mars war der römische Kriegsgott.

Met ist berauschender Honigwein.

Mischmasch bedeutet »Zusammengemischtes«.

Mosaiken sind Einlegebilder aus bunten Stein- oder Glasstückchen.

Namen waren »Steckbriefe« in altrömischer Zeit. Der volle Name eines römischen Bürgers bestand aus dem Vornamen (der ihm allein gehörte), dem Sippennamen (der seine Abstammung verriet) und dem Beinamen (der auf Eigenheiten hinwies; es konnten persönliche oder von Vorfahren »ererbte« sein). »Antonius Cornelius Tuditanus« sagt z. B. aus, dass der Mann Antonius heißt, von einem Cornelius abstammt und dass er oder einer seiner Ahnen einen verdammt harten Schädel hat oder hatte.

Nazarener war eine abwertende Bezeichnung für Christus, der in Nazareth geboren war.

Odin (Wodan) war der oberste Gott der Germanen. Seine Raben Hugin und Munin brachten ihm Kunde aus aller Welt.

Papyrus und Pergament sind die Vorläufer des Papiers. Papyrus wurde aus gepressten Pflanzenteilen gewonnen, Pergament war feinst gegerbtes Leder. In altrömischer Zeit waren beide sehr teuer.

Patrouille (sprich Patrulje) ist eine Art Spähtrupp.

Rätien (sprich Rä-zi-en) war römische Provinz ab 15 vor Christus bis (zumindest noch in Teilen) ins fünfte nachchristliche Jahrhundert. Sie umfasste das heutige Graubünden, Tirol und Südbayern. Die Nordgrenze bildete der Rätische Limes. Die Räter waren Kelten. Im Schweizer »Rätoromanischen« lebt der Zauber ihrer Sprache fort.

Siedlungsverwaltung ist in unserer Geschichte etwas Ähnliches wie Gemeinde- oder Stadtrat. Nur wohlhabende und einflussreiche Männer durften gewählt werden.

Thermen waren Hallenbäder mit allem Komfort. Man stieg in Kalt-, Lauwarm- und Warmwasserbecken, plauderte, ließ sich massieren und nahm (wenn man Appetit hatte) einen Imbiss zu sich.

Thor (Donar) war der germanische Donnergott.

Transtiberim hieß im alten Rom die Ansiedlung »jenseits des Tiberflusses« (heute der Stadtteil »Trastévere«).

Via Appia heißt die berühmte Straße, die 312 vor Christus angelegt wurde und von Rom über Capua bis Brindisi führte.

Vulcanus war der römische Gott des Feuers und der Schmiede. Wenn er unter dem »Vesuvius« (dem Vesuv) auf den Amboss donnerte, stoben Feuer und Rauch aus der »Esse« des Berges hinaus. Wir sagen völlig unromantisch »Vulkanausbruch« dazu.

Weißenburg in Bayern im »Kurzsteckbrief«: Große Kreisstadt (etwa 50 km südlich von Nürnberg) im Naturpark Altmühltal gelegen, ehemals Freie Reichsstadt, wunderschöner Altstadtkern hinter historischer Stadtmauer, sehenswertes Museum (u. a. mit dem »Römerschatz«), Bauten aus der Römerzeit, weit über die Kreisgrenzen hinaus bekanntes »Bergwaldtheater«; Textil-, Metall- und Kunststoffindustrie – und (guten Appetit!) gemütliche Lokale mit fränkischen und anderen Spezialitäten.